〔法国〕安德烈 · 纪德 ◎ 著

陈诗雨 ◎ 译

窄 门

海峡出版发行集团 | 海峡文艺出版社
THE STRAITS PUBLISHING & DISTRIBUTING GROUP | Haixia Literature & Art Publishing House

图书在版编目(CIP)数据

窄门/(法)安德烈·纪德著;陈诗雨译. —福州:海峡文艺出版社,2017.8(2023.9 重印)
(诺贝尔文学奖大系)
ISBN 978-7-5550-1161-3

Ⅰ.①窄… Ⅱ.①安…②陈… Ⅲ.①中篇小说—法国—现代 Ⅳ.①I556.45

中国版本图书馆 CIP 数据核字(2017)第 144454 号

诺贝尔文学奖大系
窄门

[法国]安德烈·纪德 著 陈诗雨 译
责任编辑 林 颖
出版发行 海峡文艺出版社
经　　销 福建新华发行(集团)有限责任公司
社　　址 福州市东水路 76 号 14 层
发 行 部 0591—87536797
印　　刷 福州俊丰彩印有限公司
地　　址 福州市晋安区鼓山镇鼓一村福光路 189 号
开　　本 889 毫米×1194 毫米 1/32
字　　数 108 千字
印　　张 4.75
版　　次 2017 年 8 月第 1 版
印　　次 2023 年 9 月第 3 次印刷
书　　号 ISBN 978-7-5550-1161-3
定　　价 31.00 元

如发现印装质量问题,请寄承印厂调换

颁奖辞

瑞典文学院常任秘书 安德斯·奥斯特林

在安德烈·纪德长达五十多年坚持记录的日记扉页上，有这样一段话：那时的安德烈才满二十岁，他站在一栋旧楼的第六层，遥望远方的塞纳河和巴黎圣母院，那是在秋季落日余晖下的拉丁区，希望能够找到一个适合他们这些崇拜“象征主义”的年轻人聚会的地方。这时的他觉得自己就像是拉斯蒂涅，那个巴尔扎克在小说中讲到的一个想要征服城市的人物：“现在，让我们两个来比试一下吧！”但是，纪德有更大的雄心——轻而易举的成功不能满足他的野心，他要去寻找漫长坎坷的道路。

现在这位七十八岁高龄的作家，作为诺贝尔文学奖获得者一直备受争议。从事文学创作之初，虽然他一直作为传播心灵焦虑的先锋，但是这并没有妨碍世界各地的读者将其看作是法国最优秀的作家之一。毫无疑问，他的作品深深地影响了几代人。他早期的作品出现在18世纪90年代，完成的最后一本书则出版于1947年的春天。

他的作品里表现出来的是欧洲精神史上最为关键的阶段，同样为他漫长的戏剧性的生活打下了基础。

也许我们不能理解，人们为何到现在才真正意识到安德烈·纪德作品的价值，其实安德烈·纪德的作品的真正价值，是需要经过长时间的透视才能评估的，需要给辩证法的三个阶段留下足够的空间。与他同时代的任何人相比，纪德都更具对比性。他如同性格多变的普罗透斯一样，一直在改变他的态度，他为了能撞击出闪亮的火花，不知疲倦地在两个极端活动。所以他的作品呈现出永不间断的对话，信仰一直反抗着怀疑，禁欲一直反抗着对生命的热爱，戒律一直反抗着对自由的渴求。就连他在物质世界的生活也是复杂多变的。仅仅在1925年和1936年他分别前往刚果和苏联这两次有名的出访，就足以表明他不愿意被归类为安于平静生活的作家。

纪德出生在信奉新教的家庭环境中，他的社会地位使他可以自由地追求自己的事业，跟大多数人相比，纪德更加重视他的个性的培养和内在的成长。他在自传《如果麦子不死》（1920）中曾经描述过他的家庭条件。自传的名字来源于圣约翰的话：麦子要结出新的果实，必须在成熟之前死去。虽然他特别排斥所谓的清教徒教育，但他的一生都在论述道德和宗教的根本，从他在1909年出版的短篇小说《窄门》的描绘中可以看出，他偶尔会用罕见的纯净对基督教的仁爱进行解说，正因如此，《窄门》得以和拉辛的悲剧作品媲美。

另外，纪德的作品反映出有名的“非道德主义”往往被他的敌人误解。其实“非道德主义”是指自由的、“无缘无故”的活动，即挣脱良知的抑制得到解放。美国的遁世者亨利·戴维·梭罗的思想与他相似，也曾经讲过："成为自己灵魂的仆人是最糟糕的。"纪德并不赞同公认道德规范的缺失也是一种好品行，这一点需要我们谨记。在纪德年轻时代的一部优秀著作《人间食粮》(1897) 中，他曾激动地赞扬南方土地上的果实，虽美丽却无法长久存放，但后来他又从这种尝试中转到其他方向。他告诫自己的崇拜者和读者："你们现在把我的书都扔了，远离我吧！"从他后期的作品中可以清晰地看出他是这个告诫的第一个践行者。

然而，不管是《人间食粮》还是其他作品，纪德都是用诗歌一样的散文讲述，读者能深刻感受着带有浓郁诗意的分而复返。例如，在布鲁萨一座清真寺附近的一个五月清晨，他在短篇日记中这样写道："啊！身体里难以言表的温存和喜悦感就像牛奶那样渗透到体外……花园里有茂密的灌木丛和纯美的玫瑰。在梧桐的树荫下懒洋洋的玫瑰，难道你不了解我的青春岁月？曾经呢？难道我仅存在于记忆中吗？我究竟是不是真的坐在清真寺的旮旯儿中，呼吸，爱你？为什么这些飞燕会靠近我？难道我对你的爱只是在梦里？……"

虽然纪德在小说、随笔、游记和针砭时弊的文章中，一直向读者们表达的是特殊且时常变换的思想，但是我们还是可以在这种多变的思想中发现他高超的智慧，以及对人性普遍却独到的认识，并以符合古典主义明确要求且复杂多变的语言表达出来。这在纪德著名的《伪币制造者》(1926) 一书中就有很好的体现，这部作品用客观犀利的视角对一群年轻的法国人做了彻底的分析。当代的文学写作也因这本书全新手法的指引获得了新的方向。刚才提到过的自传，也是一个好例子，作者的目的就是如实地讲述自己的生平，不虚构一点儿对他有利的内容，也不隐瞒任何不快的事。卢梭曾经也做过这种事，不一样的是，他不仅揭露自己的缺陷，还认为任何人都一样阴暗。谁都没有勇气去评判或是指责他。

纪德则干脆不承认别人评判他的权利，他上诉，要求法庭以更广阔的视角看待他，所以他将自己呈现在上帝之下审视。于是，想要阐述他自传的意义可以用《圣经》里的神秘引语，他将“麦子”比作人格，如果“麦子”富有知觉和意识，并且是以自我为中心的，那么它只是存在而无法生长。当它发芽生长的时候，也正是“麦子”死亡改变的时候。纪德曾写：“我觉得并不存在审视道德和宗教问题的方法，也许我并不了解在这些问题上应采取的行动，又或者我从来没有在自己的生活中实施过。但我宁愿这些纷繁多样的观点，一个都不少地融合在一起，让基督去解决酒神和日神之间的纠纷。”

从这段话中可以看出纪德丰富的内心活动，他为别人指引的方向从未失误，尽管这种复杂的心理屡屡让他招致他人的不解和指责。纪德的哲学观强调不管做出任何牺牲都必须争取新生，他为了凤凰涅槃，浴火重生，一直在努力积累力量。

今日，我们满怀感激和赞美之情，欣赏纪德著作中丰富的主题和创作目的，尽管作者本人好像并不介意别人对他的异议，不过我们可以对此略而不谈。他从未试图让读者全盘接受他的观点和看法，即使是在他成名以后。他希望可以发现问题并提出问题。即便对于后人，他真正伟大的地方是他并不在意大家是否完全接受他的理论，重点是希望大家对他的创作展开激烈地论辩。

在纪德的作品中，包含一些大胆的近乎自白的段落。他希望抨击法利赛人，但是很难避免这种战争使人性的某些十分脆弱的规范受到动摇。从蒙田到卢梭以来法国文学的格言，也正是纪德对真理热爱的一种表现形式，我们需要牢记。在纪德成长的各个阶段，他都以文学品格正直的卫护者的身份出现，而这种文学品格的正直，是建立在坚定不移且诚实地表现其全部问题的人格权利和义务之上。就这一点而言，他在众多方式中体现和引起的文学行为，都是理想主义价值的显现。

安德烈·纪德先生曾经以非常感激的心情接受了这项授予他的荣誉，不幸的是由于身体原因他无法亲自前来领奖，那么现在将他获得的奖章交给法国大使先生。

致答辞

安德烈·纪德

我预想中的这次旅行应该是快乐而有益的，但是我不得不放弃这次旅行，无法亲自到场去表示我的感激之情，这让我感到非常沮丧。

就像大家都了解的那样，我向来不接受荣誉，特别是那些因为我是法国国民才被授予的法国奖项。先生们，我必须承认，面对这项对作家而言最崇高的荣誉时，我的头脑还不大清楚。多年以来，我都觉得自己是在荒无人烟的田野上呐喊，就算有，也只与一个小群体对话，可是今天你们让我明白，我追求少数人的道德是正确的，这种道德最终将会取得成功。

先生们，在我看来，你们不仅支持了我的作品，更支持了那种赋予我的作品生命的独立精神，在我们生活的时代，这种精神受到了全面的攻击。你们在我的身上发现了这种精神，并且称赞和欣赏它，这让我产生了满足感，使我更加坚定了自己的信念，但我不得不联想到法国的保罗·瓦莱里，他在不久之前就已经比我更出色地展现过这种精神。我跟他做了五十多年的朋友，并越来越欣赏他，不幸的是他的辞世使他没有机会获得这项殊荣。我时常这么说，我往往以友好而非自贬的态度崇拜他杰出的才能，还未遇到这位才子时，我经常认为“人性，太过于人性化了”。希望在这个颁奖典礼上能够充满对他的追忆，这种追忆，在越黑暗的地方带给我越明亮的光芒。各位期盼自由的品质，希望它能击败所有事物，你们凭借这种具有代表意义的、不分国家的、不掺杂任何团体利益的奖项，给了这个品质绽放夺目光辉的机会。

目 录

窄门 1

附录一 纪德年表 130

附录二 诺贝尔文学奖大系书目 135

窄 门

1

我在这里讲的经历，若换作别人可能会把它写成一本书。然而，这是一段用尽我所有德行并倾尽全力生活过的经历，我只能简简单单地把我的回忆书写出来。这些往事有时显得支离破碎，但我并不想虚构些什么来弥补。花在修饰往事上的工夫，反而会妨碍我在讲述时能够获得最后的乐趣。

我父亲去世的那一年，我还不到十二岁。我的父亲是一名医生，生前在勒阿弗尔工作。父亲去世后，我的母亲觉得这里没有什么值得牵挂的东西，所以决定带我搬到巴黎，希望我能够以优异的成绩完成学业。她租的一间小公寓离卢森堡公园不远，弗罗拉·阿绪拜尔敦小姐搬来与我们同住。阿绪拜尔敦小姐的家人都已不在了，她当初是我母亲的小学老师，后来陪伴我母亲，不久两个人就成了朋友。我一直与两位妇人一起生活，她们的神情都带着相同的温柔和忧伤，在我的记忆里，她们总是穿着丧服。有一天，想来距离父亲去世已经很久了，我发现母亲草帽上的饰带由黑色换成了淡紫色。

“哦！妈——”我惊讶地叫了一声，“你戴这颜色太难看了！”

第二天，她的饰带又变成了黑色。

我的身体一直不好。母亲和阿绪拜尔敦小姐小心翼翼地照顾我，生怕我累着，多亏我真的喜欢学习，她们才没有把我培养成一个懒人。等到气候宜人的季节，她们以为我的脸色之所以苍白是因为在城里待久了的缘故，便认定我应当远离城市。所以到了6月中旬，我们动身前往勒阿弗尔附近的奉格司麦田庄，我的舅父比柯伦是田庄的主人，每年夏天都接待我们。

比柯伦家的房子建在花园里，花园不是很大，外观也不好看，比起诺曼底的其他花园，并没有什么特色。房子是白色的两层小楼，跟两个世纪前的楼房很像。楼房朝向东方，正对花园，前后两面各开有二十多扇大窗户，左右两面是墙。窗户上嵌着方形的小玻璃，有些玻璃是新换的，跟旧的比起来显得特别亮，而旧玻璃则露出灰暗的绿色。有些玻璃还有瑕疵，大人们称它们为“气泡”，隔着玻璃看外面，树木歪七扭八的，邮递员经过，身子隆起就像长了瘤子一样。

围墙把长方形的花园包围在里面，楼房前的草地很大，也很阴凉，有一条沙石小径环绕四周。楼房前的墙有一点儿低，能望见环绕着花园的农场院子。与农场分界的，是按当地规矩修的一条山毛榉的林荫路。

楼房背向的西面，花园在这里看起来更加宽阔。南墙脚有一条被野花遮掩的小径，由墙下的葡萄牙月桂树和其他的树厚厚地遮护着，使其免受海风蹂躏。沿北墙也有一条小径，伸进树丛里，看不到踪迹。我的表妹们把这条小径称为“黑色小道”，一到傍晚就不敢再靠近了。顺着这两条小径走下几级台阶，就可以看到跟花园相接的菜园了。菜园边上的那堵墙开了一扇暗门，墙外有一片矮树林，左右两边的山毛榉林荫路在矮树林那里交会。站在西边的台阶上，目光越过矮树林就可以望见高原，高原上丰收的庄稼是另一片风景。再看向天边，可以看到不远处有一个小村子的教堂。在黄昏夜风清凉时，有炊烟从村子里人家的屋顶上袅袅升起。

在晴朗的夏日黄昏，我们吃过饭，便去“下花园”游玩。走出暗门，停在能够俯瞰田野景色的林荫路上。舅父、母亲和阿绪拜尔敦小姐在废弃的矿坑草棚旁边坐下。在我们眼前，小谷雾气弥漫，远处树林上空的天色染成金黄色。过了没多久，暮色渐渐深了起来，我们还停留在花园里舍不得离开。舅母几乎不和我们出去，每次回来，我们都能在客厅见到她……对我们小孩子来说，一个夜晚就过去了。不过，等到很晚大人们上楼休息的声音传来时，我们都还在卧室里看书。

整整一天的时光，我们不是待在花园，就是在待在“教室”。我们的书桌在教室里，这里原本是舅父的书房。我和表弟罗伯并排坐，朱丽叶和阿丽莎坐在我们后边。阿丽莎比我大两岁，朱丽叶比我小一岁，四个人里面罗伯最小。

我打算在这里写的，并不是我那时候的记忆，只是这些记忆跟我要说的故事有关。我的故事是从父亲去世那年开始的。父亲的离世给我的刺激太过强烈了，即便不是由于我自己的哀伤，至少也是由于看见母亲所承受的哀伤，让我产生了新的情感，我过分地早熟了。那年，我们再一次去了奉格司麦田庄。当我看见朱丽叶和罗伯时，觉得他们似乎更小了，而见到阿丽莎的时候，我猛然明白，我们两个都不再是孩子了。

不错，正是父亲去世的那年，刚到田庄时，母亲和阿绪拜尔敦小姐的交谈证实我没记错。她们正在屋里谈话，我却不小心闯了进去。我听见她们在谈论我的舅母，母亲特别生气，说舅母没有服丧，或已经脱下丧服（说实话，比柯伦舅母穿黑色的衣裙，跟我母亲穿颜色艳丽的衣裙一样，都让我觉得难以想象）。我记得那天，侣西·比柯伦穿着轻薄的纱裙。阿绪拜尔敦小姐是个和气的人，她正在努力地劝解我的母亲。她小心翼翼地说道："不管怎么说，穿白色的衣服也算是在服丧嘛。"

"她搭在肩上的红披巾，你也称为'丧服'吗？弗罗拉，你真让我恶心。"我的母亲愤怒地说道。

只有放假的那几个月，我才能见到舅母，显然是夏天太过炎热的缘故，我见她穿上了薄薄的、开得很低的衬衫。在我的记忆里，她似乎一直都是这样子。我的母亲本来就不喜欢她红色的披巾，现在看到她这样裸露的衣着，更加气愤了。

侣西·比柯伦是一个美丽的女人，从我保存的一张她的小画像里，就能看出她当年的美貌；她很年轻，透出一股特别的韵味，看起来就像她女儿们的姐姐。她按照习惯的姿势侧身坐着，左手撑着微微倾斜的头，小拇指在唇边俏皮地曲起。一副粗眼孔的发网兜住松散在后颈的鬈曲的长发，衬衫衣领大开，露出脖子上一条宽松的黑丝绒带，带子吊着一只意大利嵌工的小金盒。腰间有一条黑丝绒的腰带，扎出飘动的大蝴蝶结，一顶宽边的草帽用帽带挂在椅背上，这一切都为她增添了几分稚气。她的右手垂下去，拿着一本合拢的书。

侣西·比柯伦是克里奥尔人，她没见过自己的父母，或者很早就失去了父母。我的母亲后来跟我说，那个时候服提叶牧师夫妇还没有子女，便收养了这个弃儿或孤儿。不久，他们举家搬离马提尼克岛，带着孩子迁到勒阿弗尔，和比柯伦家住在同一个城市。服提叶家和比柯伦家交往很密切。我的舅父当时是国外某家银行的职员，三年后才回家，见到小侣西的第一面就爱上了她。他立即向她求婚，这惹得他的父母和我的母亲十分伤心。那一年侣西只有十六岁。而在这期间服提叶夫人诞下两个孩子，她发现养女的性情日益古怪，便开始担心她是否会影响到孩子，再说她家收入微薄……这些事情都是我的母亲告诉我的，她是要我明白，服提叶家为什么会答应她弟弟的求婚。除此以外，我猜测，母亲他们是不是也为年轻的侣西担心。我十分了解勒阿弗尔的社会风气，所以不难想象勒阿弗尔人会用什么态度对待这位迷人的姑娘。后来我认识了服提叶牧师，觉得他是个友善的大好人，既勤奋又纯朴，面对困难的时候不知道该怎么办，遭遇邪恶就更是束手无策了，当时他肯定陷入了困境。至于服提叶夫人，我不知道要说些什么；她在生第四个孩子的时候因为难产死了，这孩子的年龄与我相差不远，后来他还成了我的朋友……

侣西·比柯伦很少跟我们交谈。午饭过后，她才从卧室姗姗下来，下来以后便躺在沙发或吊床上，等到晚上才又神色慵懒地站起来。她时常把一块手帕搭在额头上，仿佛在擦拭汗水，其实根本看不出来有汗水。那块手帕非常精美，散发出来的味道如果不是花香，那么便是果香，令我十分赞叹。她还时常从腰间的表链上取出一个有光滑银盖的小镜子，那上面还吊了其他小物件。她用镜子照照自己，用手指在嘴上沾一点儿唾液，润润眼角。她常常拿本书，但是那本书几乎总是合拢的；书页中间夹有一张角质书签。即使有人向她靠近，她也不会从遐想中醒过来看上别人一眼。往往在她不经意或者疲倦的手里，在沙发的扶手或者从衣裙的褶皱里，会飘落一方手帕，或者一朵花，或者一本书。直到某一天——还是我童年的时候——我拾起书，发现是诗集，我的脸不禁红了起来。

吃过晚饭以后，侣西·比柯伦也不会和大家一起围坐在桌子旁，而是坐在钢琴前面，悠闲地弹一首肖邦的慢调玛祖卡舞曲。有时节奏会突然中断，停留在一个和弦上。

每次我站在舅母旁边，总觉得不自在，像是不安，也像是迷惑、爱慕与恐惧混合在一起的骚动。我的本能在心里提醒我远离她，而且我察觉到：她蔑视弗罗拉·阿绪拜尔敦和我的母亲。阿绪拜尔敦小姐怕她，我的母亲不喜欢她。

侣西·比柯伦，我不会再怨恨你，我希望自己暂时可以忘记你造成的伤害有多大；不管怎样，我尽量用温和的语气谈论你。

如果不是这年夏天，那么就是第二年夏天——因为事情发生的地点是相同的，所以有时重叠在一起的记忆让我感到有些混乱——有一天，我去客厅找一本书，发现她在里面。我正想着退出去的时候，她突然对我说话，而以往她都对我视而不见：

“你急匆匆地要去哪里？杰罗姆，你害怕看见我吗？”

我朝她走近，心怦怦直跳，我努力向她微笑，手伸在她面前。她用一只手握住了我的手，用另一只手抚摸着我的脸颊。

“你的母亲是怎样给你穿衣服的，可怜的孩子，穿得真糟糕……”她说，并开始扯我的衣领，那时我穿的是一件大领海军服。

“海军服的衣领要大大地敞开！”她说着又扯掉我衣服上的一个纽扣。

“来，看看，你这样好看多啦！”她拿出小镜子，让我的脸贴近她的脸，又用裸露的手臂勾紧我的脖子，手慢慢摸索进我半敞的衣服里，还笑着问我这样会不会痒，同时她的手继续往下探……探得越来越深……我突然跳了起来，衣服都被挣破了。我红着脸跑走，身后是她的叫嚷：

“呸！你这个傻瓜！”

我跑掉了，一直跑到菜园深处才停下来，用菜园里小水池的水浸湿手帕，捂在额头上，又洗又擦，企图把我的脸上、我的脖子上——我身上这女人触碰过的部位的痕迹全部洗擦去。

偶尔侣西·比柯伦会突然“犯病”，然后闹得全家都不安宁。一到这个时候，阿绪拜尔敦小姐就会紧张地领走孩子们，让他们去做别的事情；可是，他们谁都无法抵挡那从卧室或客厅传来的可怕的叫喊。我的舅父不知道怎么办，只听到他在走廊里焦急地奔跑，又找毛巾，又取花露水，又要拿乙醚。到吃晚饭的时候，舅母还是没出现在餐桌上，舅父的脸上露出忧虑之色，看上去苍老了不少。

一次发病差不多过去以后，侣西·比柯伦将她的孩子叫到身边——被叫的孩子往往是罗伯和朱丽叶，几乎没有叫过阿丽莎。每当到了这种忧愁的日子，阿丽莎就在自己房里闭门不出；舅父有时去阿丽莎的房间看她，因为父女俩经常谈话。

舅母的发病往往会吓到仆人们。有一天晚上，舅母的病情特别严重，那时我还在母亲房里，听不清楚客厅里的骚动，只听见厨娘在走廊里一边跑一边叫：

“先生快下来看看哪！可怜的太太要死了！”

我的舅父当时正在阿丽莎的房间，我的母亲去迎他下楼。过了一刻钟，母亲和舅父从我所在房间的敞开的窗前走过，似乎没有注意到我，母亲的声音传了过来：“我可以告诉你我是怎样想的吗？她这么闹，是在做戏。”母亲还一字一顿地重复了好几遍，“做——戏。”

这件事发生在暑假快要结束的时候，那时父亲过世已经有两年了，从那时开始，我几乎没有再见到舅母。可悲的事件摧毁了家庭的幸福，在这件可悲的事情结束之前，还发生了一件小事。我原本对侣西·比柯伦复杂而模糊的感情因为这件小事一下子变成了纯粹的仇恨。但是在讲述这些情况之前，我想先说一说我的表姐。

阿丽莎长得很漂亮，只不过那时我并没有察觉。吸引我，还让我留在她身边的，不仅仅是她的美貌。不用说，她和她的母亲长得很像，但是她们的眼神却完全不一样，所以过了很久，我才发现她们母女的长相很相似。我描绘不出阿丽莎的脸，也记不清楚她的五官甚至眼睛的颜色了，我只记得她微笑时满含忧郁的神色，以及眼睛上挑得高高的两条弯眉，这种弯眉，我在别的地方再也没有看到过……不，我见过，不过那是在但丁时代的一座来自佛罗伦萨的小雕像上，在我的想象里，贝阿特丽切儿时也有像她这样弯弯的眉毛。这样的眉毛让她的外貌甚至是她整个人，都添上了一种渴望又带有信赖的探询表情——是的，一种热烈的探询表情。她浑身上下全都是探询，全都是期待……我会告诉你们，这种探询是如何抓住我，然后又成为我的生命。

在别人看来，朱丽叶似乎更漂亮，她身上是欢乐与健康所散发出来的一种光芒。但跟她姐姐的优雅比起来，她的美丽就在外表上，似乎谁都能看到。再说我的表弟罗伯，他看起来并没有什么特别之处，只不过是一个年龄同我相仿的普通男孩；我跟朱丽叶和罗伯在一起玩，跟阿丽莎在一起的时候却是谈话。她不怎么跟我们一起玩游戏，不管我怎么回忆，也只能想到她严肃而温柔地微笑着，还带有深思的样子——我们在一起说什么呢？两个孩子在一起，又能说什么呢？我会将自己的想法跟你们说明；不过，还是先把我舅母的事情说完吧，免得在以后还要再提到她。

父亲去世之后第二年，母亲和我去勒阿弗尔过复活节。因为比柯伦在城里的住宅很小，所以我们没有去他家住，而是去了母亲的姐姐那里住——姨母的住宅比较大。朴朗提叶姨母孀居多年，我几乎很少看到她，也不认识她的子女。姨母子女的年龄比我大，性格跟我也有差距。朴朗提叶家并不在城里，而是坐落在可以俯瞰全市的、别人称为“坡颈”的半山腰上。比柯伦家离商业区近，有一条陡峭的小路可以直接通向朴朗提叶姨母家，走过去用不了多长时间，我每天都要从那条小路来来回回走好几次。

事发当日，我在舅父家吃午饭。吃完饭没有多长时间他就要出门，我陪他一起走，直到走到他的办公室，然后我又去朴朗提叶家找我的母亲。我到了那里的时候才听说，母亲和姨母出去了，她们会在晚上开餐时回来。我只能从半山腰上下来，去我很少有机会闲逛的商业区转转。我来到港口，那里被浓浓的海雾笼罩着，显得有些阴暗。我在码头上转悠了一两个小时，心里突然萌生出一种返回去给阿丽莎一个惊喜的想法，虽然不久前我刚离开舅父家。我一路小跑穿过商业区，按响比柯伦家的门铃。一个女仆帮我打开了门，我刚想往楼上冲，开门的女仆却将我拦住：

“别上楼，杰罗姆先生！别上楼，太太的病又犯了！”

我没有理会女仆，直接往楼上跑：我又不是为了看舅母才来这儿的……阿丽莎的房间在三楼；一楼是客厅和吃饭的餐厅，舅母的房间在二楼，里面有人说话的声音。我若想找阿丽莎，就必须经过舅母的房间，而她的房门大敞，房间里投射出一道光线，照在楼道上。我怕被人发现，犹豫了一小会儿，悄悄走进暗处躲了起来。一看到房间里的情景我惊呆了：窗帘紧紧拉拢，两支烛台上竖着蜡烛，散发出温暖的光芒；我的舅母躺在房间中央的长椅上，罗伯和朱丽叶站在她的脚边，身后有一名身穿中尉军服的陌生青年。现在我回忆起来，对那两个孩子在场感到奇怪，只不过当时我还年幼，觉得这样没什么问题。罗伯和朱丽叶笑着看着那陌生人，用细柔的声音反复说：

“比柯伦！比柯伦！……我如果有一只绵羊，那么它一定叫比柯伦。”

我的舅母被逗得咯咯笑了起来。我看见她递给那青年一支香烟，让他替她点上。她接过来吸了几口，便把香烟扔在地上。青年弯下腰去拾，假装脚被一条披巾绊倒，一下子摔跪在舅母面前……幸亏闹了这出做戏的把戏，我趁这个时候溜过去，没有被别人发现。

我来到阿丽莎的房门口，停了半晌，听见楼下传来了说闹欢笑的声音。我敲了敲门，却没有回应，心里猜想或许是楼下说笑的声音盖过了我敲门的声音。于是我推了一下门，门悄无声息地开了。这个时候屋子里很黑，我一时间看不清阿丽莎在哪儿。最后我看见她跪在床头，背后是一扇窗子，从外面投进落日的余晖。我朝她靠近时，她回过头来，却没有站起身，只是低低问：

“哦，杰罗姆，你回来做什么？”

我俯下身亲吻她，但我看见她的脸上开始流下泪水……

这一瞬间便决定了我的一生，至今回想起来，我仍无法做到无动于衷。那时对于她悲痛的原因我了解得并不十分清楚，但我能够深切地感受到如此巨大的痛苦，对于这颗战栗的幼小心灵，对于这因为哭泣而抽动不能自已的柔弱身躯，根本无法承受。

我站在始终跪在那里的阿丽莎身旁，不知道怎么描述心中这种奇特的激情，只能把她的脑袋紧紧抱在我的胸口，我的嘴唇深深地吻在她的额头，仿佛全部的灵魂都通过嘴唇倾泻而出。我在爱与怜悯中沉迷，在一种弄不懂是热情、现实还是道德的混杂的情感里，我竭尽全力地向上帝倾诉，我愿意用我的一切、我的一生来保护这个女孩子，我在内心祈祷，希望能帮助她免遭恐惧、折磨和生活的伤害。最后我跪下来，将她拉入我的怀抱，隐隐约约还听她说道：

“杰罗姆，他们没有发现你过来，对吗？哦！你快离开，千万别让他们瞧见你。”之后，她的声音更低了，“杰罗姆，不要告诉其他人……我可怜的父亲什么都不知道……”

于是，我就真的没跟母亲提起，但同时，我也发现朴朗提叶姨母跟母亲总在小声谈论着什么。她们两人总是神秘兮兮又神色忧郁，我一靠近，她们就驱赶我道：“孩子，到一边玩去！”她们的表现向我表明，对于比柯伦家的隐私她们并非全然不知。

我们回到巴黎没多久，就收到一通让我母亲回勒阿弗尔的电报，我的舅母跟别人私奔了。

“是跟一个男人私奔了吗？”我问阿绪拜尔敦小姐，母亲让她照顾我。

“孩子，等以后你再去问你的母亲吧，我无法回答你什么。”这位照顾我的老友说，对于这件事，她同样感到很惊讶。

过了两天，阿绪拜尔敦小姐跟我动身前去看我的母亲。那天是星期六，次日我就能在教堂和我的表姐妹们相见了，这件事一直放在我的心上。我那尚且天真的想法，让我十分看重自己与表姐妹们能重逢在这神圣的场合。说到底，其实我并不关心舅母的事情，也为了面子，我闭口不向母亲问问题。

那天清晨，小教堂还没来几个人。服提叶牧师明显是在有意宣扬基督的这句话：“你们努力地从这窄门进来吧。”

阿丽莎的座位跟我隔着几排，她坐在我前面，我只能看见她的侧脸；我认真地盯着她看，几乎忘记了自己的存在，所以那些我专注听到的话语，就像是她说给我听的一样。我的舅父与我母亲坐在一起，他在哭泣。

牧师先把他那一节朗诵了一遍：“你们努力地从这窄门进来吧，因为宽宽的门与宽宽的路通往灭亡，进入地狱的人很多；然而，窄窄的门与窄窄的路，却通向永生，找到前往永生之路的人是极少数的。”之后他把那一节分成好几段，首先说说那宽宽的路……我走神了，仿佛在梦里，我看见舅母的房间，看见她躺在那里，一脸笑容，而那位年轻的军官跟着她一起笑……欢笑这个观念，化身成为侮辱，也化身成为伤害，像是变成了罪恶的可恶的炫耀……

“进入地狱的人很多。”服提叶牧师接着说，他又开始了描述——这个时候我看见了——一群打扮华丽的人，嬉笑着排队往前面走去。我发现自己既不能也不愿跟他们走在一起，因为我觉得每跟那群人走一步，跟阿丽莎的距离就会变得更远一些。牧师重新回到这一节的开头，此时我看到了那道我们要努力进入的窄门。我深陷在幻想里，窄门就像一台压榨机，我用尽全力想要穿过它，却又感到了极度的痛苦，而在痛苦里，似乎还混有天福来临的味道。然后，这道窄门变成阿丽莎的房门，为了进入那扇房门，我努力缩小自己的身体，把身上一切的私心排除……“因为通往永生的门是窄的。”服提叶牧师接着说道。摆脱一切灾难与忧郁，我想象并且预见，我的内心深处渴望已久的另一种纯洁而神秘的欢乐。我想象，这一种欢乐如同小提琴拉出来的乐曲，尖细又轻柔，宛如要把阿丽莎和我的心烧尽的烈焰。我们身上穿的是《启示录》描述过的白衣服，我们两个人手拉手，看着同一个方向，一起前进……这种小孩子才会做的梦，即使引人发笑又有什么关系！我原原本本地把它们复述出来，并没有更改什么。在这里面出现的明显的模糊不清，也只是因为措辞，因为不完整的形象，它们无法把感情更加准确地表达出来。

“找到通往永生之门的人是极少数的。”服提叶牧师最后说道。

他还向我们解说，要如何找到窄门……“极少数的人”——或许我就是其中之一。

讲道快结束时，我的精神十分紧张，礼拜一结束我就跑掉了，我并没有去找表姐的想法——大概这出于我内心的高傲，我想考验自己的决心（我已经下了决心），自以为要配得上她，最好的行动就是离她远远的。

2

这种严厉的训诫让我发现，我的内心其实早就准备好了。我天生责任感很强，并且还有我的父母做榜样，用清教徒的教育来束缚我内心一开始萌动的激情，这些最终引导了我，令我崇尚人们所说的“美德”。我束缚自己，就跟别人放纵自己一样正常，对于这种自我的严厉要求，并没有让我觉得厌烦，反而感到高兴。我对以后的追求，其实不是幸福本身，而是在赢取幸福的过程中我所花费的无限努力；其实，我早就将幸福与美德看作一个整体。尽管我只不过是一个普通的十四岁的孩子，并没有定型，还可以塑造，但过了没多久，对阿丽莎的爱慕，让我毅然决然地朝着这个方向坚定地走去。这次内心的醒悟，顿时让我看清了自己：我一直认为自己太过内向，又充满太多的期望，既不关心别人，也没什么进取心，对于胜利我没有什么梦想，除了克制自己能得到胜利之外。我喜爱学习，也喜欢动脑筋的游戏。对于那些年纪跟我差不多的同学，我没什么交往，偶尔参加他们的活动，也只不过是出于友善与礼貌。可是，我跟阿培·服提叶相处得非常好，第二年的时候他来巴黎上学，跟我又成了同班同学。阿培·服提叶是一个可爱的男孩，性格上有些懒散，我对他的感情，其中喜爱的成分要比敬佩的成分多。至少我们俩在一起，可以聊聊勒阿弗尔，聊聊奉格司麦，因为我的脑子总想着那里。

再说我的表弟罗伯·比柯伦，他作为一名寄宿生在我所在的中学学习，只不过他比我低两级，只有在星期天我才有机会与他见面。罗伯跟我的表姐妹长得并不是很像，如果不是因为他是我表姐妹的弟弟，我想我对他并没有多大的兴趣。

那时候我的心里完全被我的爱情占据着，也正因为它的照耀，才使得我同阿培及罗伯的友谊在我的心里占据着重要地位。阿丽莎如同《福音》里描述过的那颗珍贵的珍珠，那么我就是把所有的东西都变卖，以此祈求得到珍珠的人。虽说我只是个孩子，但我谈论爱情，并把我心里对她的感情唤作“爱情”，这难道是错误的吗？我想在我后来的经历里，似乎没有一样能够以此为名。并且，在我的年龄增长到可以感受到肉体所带来的欲望以后，我对于阿丽莎的感情也没有因此而改变什么。在我儿时，我只希望自己可以配得上她，就算是现在我也没有生出占有她的念头。学习，努力，助人，我将我的一切都悄悄地献给阿丽莎，并将这想成是更高尚的美德：这些事情我只是为了她做出来的，但我并未让她知晓这一切。就这样，我沉迷在谦逊里，唉！我没有想过自己是否开心，最后我养成不满足于轻而易举可以完成的事情的习惯。

这种争强好胜、进取向上的人难道只有我一个吗？我没有看到阿丽莎对我做的事做出任何回应，她从未因为我或者为了我做些什么。尽管我所有的努力只是为了她，她的灵魂朴实无华，从中我可以看到最自然的美。她的美德里满是优雅，自然而然地流露出来。她那肃然的目光，也因为她孩童天真的微笑而充满魅力；我回忆起她抬眼的时候，眼里满是温柔与疑惑，于是我明白了，为什么我的舅父有了烦恼的时候，要去他的长女的房间去寻求她的支持、意见和安慰。有一年夏天，我经常看见他和阿丽莎在交谈，他所经历的事情让他一时间苍老了不少，在餐桌上吃饭时，他也很少开口。他偶尔的强颜欢笑，看上去比他的沉默更让人心里不好过。他一整天都待在书房里，一支接一支地吸烟，直到傍晚阿丽莎来书房找他时，他才停止抽烟。阿丽莎劝了他很久，他才从书房里出来，然后阿丽莎就如同带孩子似的带他去花园。父女俩沿着花径走着，在前往菜园的阶梯最前面停下来，坐在那里摆着的几张长椅上。

一天晚上，我还在外面看书，躺在紫红色的大山毛榉树下的草地上没有回家，这棵树和那条花径之间只有一层月桂树篱笆，刚好遮住视线，却挡不住说话声。我不经意间听到阿丽莎与舅父的交谈。很明显他们不久前谈过罗伯，忽然，我听见阿丽莎提到我的名字，这才听清楚他们的话，只听舅父感叹道："哦，杰罗姆啊，他是个爱学习的孩子！"

我并不是故意去偷听的，所以脑子里第一个想法就是离开这里，最少也要弄出点儿动静，好让他们明白我就在这里，但要怎么做呢？假装咳嗽？要不然就是开口喊："我在这儿呢！我听到你们谈话了。"……可是因为胆怯与尴尬，并不是因为好奇心，让我想多听听，于是我没有发出声响。更何况他们只是从这里经过，我隐约只听到他们的只言片语……但舅父和阿丽莎走得十分慢，我想阿丽莎一定像以前那样，手臂上挽着一只轻巧的篮子，一边走一边摘下枯萎的花，又从树墙脚下拾起那些因为海雾来袭而被催落在地的、还没有成熟的果子。她清亮的声音传了过来：

"父亲，巴利塞姑丈是一位出色的人吗？"

舅父的声音有些低，话语模糊，他说些什么我没有听清楚，但阿丽莎继续问：

"你认为他很出色，对吗？"

他的回答又太模糊；之后，阿丽莎又说：

“杰罗姆是一个聪明的人，对吗？”

这个时候我怎么可能不认真听呢……但是，我一点儿都听不清楚。她接着说道：

“你认为他有可能成为一个出色的人吗？”

舅父的声音这次变大了不少：

“可是，孩子，我首先得明白，你对于‘出色’是怎样理解的，有些人可能非常出色，但是从外表上看不出来。至少别人看起来很平凡……但是在神的眼里又十分出色。”

“我对于出色的理解就是这样。”阿丽莎说。

“可是，我们现在并不能对他评判些什么。他还年轻……当然，他的将来会一片光明；但如果只是这样，那还不够。”

“他还需要什么？”

“孩子，我要怎么跟你说呢？他还需要自信、支持、爱……”

“支持？什么支持？”阿丽莎打断了舅父的话。

“爱情与尊敬，也就是我缺少的东西。”舅父悲哀地回答；然后，渐渐地听不到他们说话的声音了。

那天做晚祷的时候，我对于自己无意间偷听别人谈话感到内疚，就决定向表姐承认我的错误。或许这次，真的是因为好奇想知道点什么，我才做出这个决定。

第二天，我还没说几句话，她就说：

“杰罗姆，偷听别人说话是不对的。你应该提醒我们一声或者离开。”

“我不是故意去听的……我只不过无意间听到了，更何况，你们只是经过那里。”

“我们走得并不快。”

“是的。但我听不清楚，而且马上就不去听你们的谈话了。你问了舅父需要什么才能成功，他是怎么回答的？”

“杰罗姆，”她笑道，“你全部都听到了，你只不过在逗我玩，想让我再重新说一遍。”

“我发誓，我只听见舅父说要有自信和爱。”

“他后面又说，还需要许多其他的东西。”

“那你呢，你是怎么回答的？”

她的表情突然变得严肃起来：

“他谈到生命里要有人支持，我回答说，你有你的母亲。”

“噢，阿丽莎，你应该清楚，她并不能永远守望着我呀！更何况……这也不等于……”

阿丽莎低下了头：

“他也是这样回答我的。”

我拉住她的手，感觉自己的手在发抖。

“无论我将来成为什么样的人，一定都是因为你才会变成那样的。”

“但是，杰罗姆，我以后也可能离开你。”

我打从心底里诚恳地说：

“可我，却永远都不会离开你。”

她微微地耸了耸肩：

“难道你不能坚强地独自前行吗？我们应该追求各自的上帝。”

“但是你得给我指路。”

“你为什么要找除了基督以外的向导呢？……你难道不认为，

当我们忘却自己而向上帝祈祷时才是我们最接近的时刻吗？”

“是的，我祈求他让我们在一起。”我岔开了她的话，“这就是我每天早晚向上帝祈求的事情。”

“难道你不明白在上帝那里灵魂交融是什么意思吗？”

“我当然知道：就是我们高兴地相聚在共同崇拜的事物里。我认为我只为跟你相聚，所以才崇拜你所崇拜的事物。”

“你的崇拜一点儿都不单纯。”

“对我的要求不要太苛刻。如果你不在天堂里，那么我也不再上天堂了。”

她突然伸出一根手指摁在嘴唇上，神色严肃地说：

“你首先要找寻上帝的国度和天理。”

我在记录我们之间的对话时，就感觉到那些不懂一些孩子总是故意用严肃的语气谈论的人，会觉得这不太像是孩子说出来的话。那我又能怎么办呢？难道还想方设法地去辩解吗？同样地，我也并不想用文字来粉饰它们，只有这样才会显得更加自然。

我们很早以前就拿到了拉丁文版的福音书，将其中许多的内容都背诵下来。阿丽莎常常以辅导她弟弟为借口跟我一起学习拉丁文。但是现在想一想，我猜她是为跟我一起读书罢了。没错，在我知道她不会陪伴我的情况下，我也不会对一门学科有兴趣的。就算这一点有时候会妨碍我，但绝对不会像别人猜测的那样，会阻碍我思想的进步；恰恰相反，我反倒觉得阿丽莎无论哪个方面都轻而易举地走在我前面。我的思想所追求的道路总是根据她来选择的，而我们称为“思想”的东西，在那时候满满地占据着我们的大脑，这常常是更奇妙的交流的一种借口；这只不过是感情的修饰，爱的遮掩。

那个时候，我的母亲猜测不出这个感情的深度，一开始还感到担心；但是现在她感到没有那个精力了，才会喜欢把我们两个同时搂在她的怀里。她以前就有心脏病，最近情况变得越来越糟。有一回发病十分严重，她就把我唤到她面前：

“我可怜的杰罗姆，我已经老了。”她说，“总有一天我会弃你而去。”

她突然停止说话，呼吸变得困难。我终于忍不住，把她似乎期待我说的话喊了出来：

“母亲……你知道的，我要娶阿丽莎。”

我的话明显正说中她的心事，她马上接下去说道：

“没错，我正要和你说这件事，我的杰罗姆。”

“母亲，”我因为哭泣而哽咽着，“你也相信她是爱我的，对吗？”

“没错，孩子。”她温柔地重复了好几次，“没错，孩子。”她说得很吃力，又补充道：“还是听从上帝的安排吧。”

我凑近她，弯腰站在她旁边，她伸手摸着我的额头，又说：

“愿上帝保佑你们！我的孩子，愿上帝保佑你们两个人！”说完以后，她就陷入了昏迷，我也就没有再把她叫醒。

后来，这次谈话再也没有提及。次日，我的母亲感觉身体好了一些，我就去上学了，说了一半的心事没有再说下去。更何况，我又能多明白什么呢？阿丽莎爱我，对于这一点我一刻也不曾怀疑。就算我真的曾经有过，但是随着之后发生的那件悲哀的事情，也就永远没有再想过了。

我的母亲是在一天晚上平静地过世的，那时只有阿绪拜尔敦小姐和我陪在她身边。最后一次发病虽然把她带走了，但是一开始看起来好像没有以前几次那样严重；最后突然之间病情转重，亲朋好友都来不及赶来。第一天晚上，我和母亲的老朋友一起守灵。我深深地爱着我的母亲，但不明白为什么我的脸上满是泪水，内心却没有感觉到多大的悲伤；我想，我之所以哭主要还是因为对阿绪拜尔敦小姐的怜悯，因为她眼睁睁地看着比她小好多岁的朋友，竟然比她先去见上帝。但我想到表姐要来参加这场丧事，这个想法完全驱散了我的悲伤。

我的舅父第二天早晨就到了。他把阿丽莎的一封信交给我，说她要晚一天才能跟朴朗提叶姨母一起赶来。

“杰罗姆，我的好友，我的兄弟。”她在信中写道，“我对此感到十分遗憾，没能在她死前把那句能让她开心的话说出来——这本就是她的心愿——我希望她原谅我，希望从此以后能引领我们两人的唯有上帝。再见，可怜的朋友。你的比以往任何时候都更加深情的阿丽莎。”

这封信想表达什么呢？她为之遗憾而没有说出来的，如果不是我们以后的婚约，又会是什么呢？现在我还年轻，不敢马上求婚。更何况，我还要这些承诺做什么呢？我和阿丽莎不是跟订了婚一样吗？我们之间的爱情，对亲友来说并不是个秘密，我的舅父和母亲并没有反对，而且，舅父早把我当成他的儿子。

再过几天便是复活节了，我在勒阿弗尔度假，住在朴朗提叶姨母家，但几乎都是在比柯伦舅父家用餐。

我的姨母菲丽歇·朴朗提叶是一个和蔼的女人，但不管是我的表姐妹们，或者是我，跟她相处都不是十分亲密。她很忙，常常累得上气不接下气，她的动作不柔和，嗓音不好听。不分场合时间，只要突然感觉她对我们的感情深厚得需要表示一下，她就忍不住搂住我们亲热。我的舅父比柯伦很喜欢姨母，但听他对她说话的语气，就不难猜出他更喜欢我的母亲。

“我可怜的孩子。”某天晚上她对我说，“我不清楚今年夏天你的打算是什么，我想我要先了解你的计划，才能决定我可以做些什么；我如果能帮你什么忙的话……”

“我还没开始考虑这些事，”我回答，“或许去旅游。”

她又说：

“你要明白，我家、奉格司麦，不管什么时候都欢迎你。可是如果你去你的舅父那边，我想他和朱丽叶都会很高兴的……”

“你说的是阿丽莎吧。”

“没错！真是抱歉……也许你不相信，一开始我以为你喜欢朱丽叶！一个月前你的舅父才告诉我的。你知道，我很爱你们，但我又不了解你们，并且见到你们的机会少之又少……我不善于观察，也没有时间关心其他人的事。我常常看见你跟朱丽叶一起玩……我就想，朱丽叶那么漂亮，性格又开朗。”

“是的，现在我也喜欢跟她玩，但我爱的人是阿丽莎……”

“好好好，由你自己选。我嘛，也不太了解阿丽莎，她比朱丽叶要沉默；我想，你选择和她在一起，总是有充分的理由的。”

“但是，姨母，我并不是有了选择才爱她，而且我从没有考虑过有什么理由……”

“别怪我，杰罗姆，我并没有恶意。我原想跟你说什么来着？都被你弄忘了。啊，这样吧，杰罗姆，我想你最后当然要结婚啦；但你现在还在服丧，如果现在订婚的话不合规矩，更何况你现在还年轻。我想，现在你母亲不在了，你一个人前往奉格司麦可能会有人说闲话的。”

“是啊，姨母，正是因为这点，所以我才说去旅行啊。”

“没错，孩子，要不然这样吧，如果我也去那儿，你可能会比较方便；我安排了一下，今年夏天的时候空出一些时间。”

“只要我跟阿绪拜尔敦小姐说一声，她一定愿意陪我去。”

“我想她一定会来的。但是只有她去还不够，我也去吧……哦！我并没有要取代你可怜的母亲的意思。”她补充道，突然哭了起来，“或许我可以帮忙管家务！哦！你、你的舅父、阿丽莎，希望大家不会觉得我碍事。”

菲丽歇姨母错估了她的影响力。事实上，大家都因为她的存在而感到很不方便。就像她说的那样，刚刚进入七月份，她就去了奉格司麦，没过多久，阿绪拜尔敦小姐和我也过去了。

她借口帮助阿丽莎处理家务，让这个一直以来都很平静的家因为她而持续不断地吵闹。她为讨我们的欢喜，变成她所希望的“方便事情”，她太过殷勤，令阿丽莎和我感到很拘束，在她面前我们几乎从来不说话。她一定会说我们对她的态度很冷淡……就算我们开口说话，难道她就会理解我们的爱情是什么性质的吗？依着朱丽叶的性格，她反而与过分热情的姨母相处得很好。大概是因为姨母对小外甥女太过于偏爱了，以至于我有些反感，甚至与她的感情都不怎么好了。

一天早上，邮差送来了一封信，姨母把我叫了过去说：

“可怜的杰罗姆，我感到很抱歉，我女儿生病了，她来信叫我回去，没办法，我要离开你们了……”

我满怀毫无必要的多虑去询问舅父：“姨母走了以后我是否还能够继续留在奉格司麦。”但我刚说完一句话，舅父就嚷了起来：

“我那可怜的姐姐想做些什么？为什么把最自然的事情搞得这么复杂？唉！你为什么要离开这里，杰罗姆？你不是差不多都快成为我的孩子了吗？”

我的姨母只在奉格司麦住了半个月。她一离开，这里顿时平静了不少。一种如同幸福的恬静，再一次回到这个地方。丧母的悲恸，并没有给我和阿丽莎之间的爱情蒙上阴影，反而让我们的爱情变得更浓烈。单调的生活开始了，我们仿佛相处在一个有强烈共鸣的场所，连心脏最细微的跳动都听得一清二楚。

姨母走后几天的一次晚餐，我们在餐桌上谈到她：

“真是一个大乱子。”我们说，“叽叽喳喳的生命难道不可以给她的灵魂留下片刻休息的时间吗？爱的美丽外壳，你在这里的影子会变成什么样呢？”……我们之所以这样说，是因为想起了歌德的一句话，他谈及施泰因夫人时写道：“可以看到世界在她的灵魂中的倒影，一定是一件美妙的事。”我们马上排起一套等级来，并将沉思默想的能力划分为最高等级。舅父原本都在沉默，这时他扬起一抹哀伤的笑容责备我们：

“孩子们，”他说，“哪怕自己的倒影破碎，上帝也能分辨出来。要注意，我们不可以根据一个人在一生中的某个瞬间的表现来评价他们。我这位可怜的姐姐身上那些你们不喜欢的地方，都事出有因；对那些原因我十分了解，所以我不会跟你们一样严厉地指出她的不是。年轻时惹人喜爱的气质，等老了的时候都会变得糟糕。你们说菲丽歇造成‘骚乱’，可在当初，这完全是精神的魅力，纯真可爱，豪爽又优雅……我们当年跟你们现在也没有什么不一样的地方。那时我挺像你，杰罗姆，可能比我所估计的还要像。菲丽歇跟现在的朱丽叶很像。没错，就算是长相也有一点儿相似。”他转向阿丽莎说，“你说话的语调，你微笑的模样，很有一种她之前消失的姿势；是的，她偶尔跟你差不多，什么都不做，只是坐着，臂肘朝前撑起，交错的手指顶住额头。”

阿绪拜尔敦小姐转过脸来看着我，声音低低的，就好像在耳边说话一样：

“你的母亲，在看着阿丽莎的时候，就会想起她。”

这年夏天，天气十分好，晴空中漂亮的蓝色浸没一切。我们青春的热情战胜苦难，战胜死亡；就连阴影都因为我们而退却。每天清晨，快乐将我从睡梦中唤醒，天刚拂晓我就起床，跑出去迎接新的一天的到来……每次回想起这段时光，就如同叶子沾满了清新的露珠一样。朱丽叶比喜欢熬夜的阿丽莎起得要早，她常常跟我一起去花园里散步。她成为她姐姐与我之间的信使，我滔滔不绝地向她讲述我们之间的爱情，朱丽叶好像永远都听不厌。我在她面前把我不敢对阿丽莎说的话倾诉给她听。或许是爱阿丽莎爱得太深了，我反而变得害羞而拘谨。对于这种孩子的游戏，阿丽莎似乎也跟随着我们一起玩，她见我跟她妹妹谈话很高兴，她不知道或者佯装不知道，我和朱丽叶在谈论她。

爱情，狂热的爱情，狂热的爱情充满美妙，你通过怎样秘密的小径，居然将我们从欢乐引向哀伤，从极其天真的快乐领向美德的斥责中……

夏天就这样在单纯和平淡中消逝了，那些悄悄溜走的时光，居然都没有在我的记忆里留下一点儿痕迹。我唯一记得的事情就是聊天及看书。

“我做了一个哀伤的梦。”暑假即将结束的前几天，一天清晨，阿丽莎对我说，“梦中我还活得好好的，可是……你死了。不，我没有目睹你的死亡，只是我意识到——你死了。太可怕了，这完全不可能，最终我坚信你只不过不在我身边而已。我们分隔两地，我觉得还有方法可以和你相聚的；我努力想办法，用力地思考，后来，我一着急就醒了。”

“今天早晨，我都还以为自己在梦里，我还在继续做着这个梦。我以为和你分开了，而且还要分开很久，很久……”她的声音很低，最后又补充了一句，“甚至分开一生，并且我们这一生都要付出极大的努力……”

“为什么？”

“每人都付出极大的努力，好让我们重新相聚。”

我没有，也不敢把她的话当真。我感觉到自己的心跳得很快，突然间我仿佛有了勇气，像要抗辩什么一样，我对她说：

“我呀，今天早上我还梦见你了，梦见我正在和你结婚，那么真实而牢固，不管是什么，都无法将我们分开——除了死亡。”

“你认为死能把我们分开吗？”她问。

“我想说的是……”

“我跟你想的刚好相反，我认为死能团聚……对，让生前分开的人团聚。”

这一番话深深地刻在我们的心里，我们讲过的话语仿佛还回响在耳边。可是，这番话的严重性，直到后来我才了解。

夏天流逝而去。大部分的田地因为收割完庄稼而显得空空荡荡的，一眼望去十分辽阔却沉寂。我离开的前一个晚上，不对，还要再往前一个晚上，我和朱丽叶走在花园里，一直往下花园尽头的灌木林走去。

“你昨天给阿丽莎背诵什么了？”

“什么时候？”

“我们先走，你们落在后头，就在石场长椅上的时候。”

“哦，好像是波德莱尔写的几首诗吧，我猜。”

“都是哪些诗？你念给我听听好吗？”

“‘不久我们将要沉入冰冷的黑暗’。”我不大乐意地背诵起来，但她突然打断了我，用一种颤抖得变调的嗓音插了进来：

“‘再见了！我们的灿烂夏日是多么的短暂！’”

“咦？你也熟悉这首诗吗？”我十分惊讶地叫道，“我一直都以为你不喜欢诗……”

“你怎么会这么认为呢？是因为你从来没有给我背过诗吗？”她嬉笑着说，我从中看出一点儿勉强，“你有时候根本就把我当成一个十足的笨蛋。”

“有些人很聪明，却未必喜欢诗。更何况我从来都没听过你背诗，或者要我念诗给你听。”

“因为这是阿丽莎的事情。”她沉默了半晌，突然间又问，“你后天就要离开了吗？”

“没错，我是得离开了。”

"那么今年的冬天你有什么打算呢？"

"上巴黎高等师范一年级。"

"那你想什么时候跟阿丽莎结婚？"

"总得等我服完兵役吧。或许还要等我考虑清楚自己将来要干些什么。"

"你现在还没有考虑好吗？"

"我现在还不想弄明白，因为我感兴趣的事情太多了。我会尽可能地拖延时间，直到我确认好要干的事情。"

"你是怕事情太快确定下来，所以才推迟订婚吗？"

我耸一耸肩，并未回答她的问题，她继续追问：

"那么，你们为什么不马上订婚呢？你们还在等什么呢？"

"为什么要订婚呢？我们不用告诉别人，我们都知道自己是属于对方的，现在是，将来也是，我们是属于彼此的。这就够了啊，我愿意把我的一辈子都给她。你难道认为用誓言拴住我的爱情就更美好吗？不，我不这么认为。对于我来说，誓言更像是对爱情的一种侮辱。除非我不信任她是爱我的，我就跟她订婚。"

"我并不是不信任阿丽莎……"

我们两个缓缓地走着，不知不觉间我们走到了我以前无意中听到阿丽莎与她父亲谈话的那个地方。我忽然想起，不久前我看到阿丽莎走到这个园子里来了，或许她就坐在台阶上，或许她也会听见我跟朱丽叶的谈话吧！她大概会听到平时我不敢当面跟她说的话，这个可能性吸引了我，对于这个想法我觉得很有趣，不由提高了嗓门：

"哦！"我大声嚷道，显出这个年龄的年轻人所拥有的夸张与激昂，因为我太过分地在乎自己所说的话了，一时间竟然没有听出朱丽叶的话中的另一层意思。“噢！如果我们能俯视我们心爱的人的心灵，就如同照镜子一样看看我们在她的灵魂里是一副怎样的倒影！如果我们可以像明白自己一样，甚至比明白自己还要明白这里面的意义！在柔情里我们会获得怎样的宁静！在爱情里我们会获得怎样的纯洁！”

我自以为是地将朱丽叶表现出来的激动归类为我这出拙劣的戏的结果；她突然低下头，埋在我的肩头：

“杰罗姆，杰罗姆，我多么希望确认你一定会给她幸福啊！如果她因你而感到痛苦，那么我将会憎恨你一辈子。”

“但是，朱丽叶。”我高声道，捧起她的脸，同时吻了吻她的额头，“这样的话我也会憎恨我自己。你根本就不知道！我其实是想跟她能有一个更美好的开始，才迟迟没有决定我要干的职业，我将我整个未来都交在她的手里，无论将来我成为一个怎样的人，如果没有她，我都不愿意。”

“你跟她说这些的时候她是怎么回答你的呢？”

“这些我从来都没有跟她说过！从来都没有！正是因为这样，我们到现在都没有订婚，我们两个人，根本不会谈到结婚的事，更加不会谈到婚后会怎样的问题。朱丽叶啊！与她一起生活这件事，美好得让我不敢……你知道吗，我从来不敢跟她说这些。”

“你是想给她一个意外的惊喜吗？”

“不，不是这样的。只不过我怕……我怕我吓着她，你知道吗……我担心我预测的巨大幸福，会把她吓坏！有一天，我问她，她想不想去旅行。她对我说，她什么也不想，她只要知道有哪些地方，知道哪些地方很美，知道别人能够去那里旅行，这样就足够了。”

“杰罗姆，你呢……你有去旅行的想法吗？”

“当然！我想走遍整个世界！对于我来说，一生就是一次长途旅行——我跟她一起，穿梭历史，穿过人群——‘起锚’，你知道这两个字的含义吗？”

“知道……我经常想到这件事……”朱丽叶喃喃自语。但我没有留心听她说，感觉她的话就像受伤的小鸟掉落到地上一样可怜，我接着说道：

“我们在夜晚的时候启程，又在清晨夺目的朝霞里醒过来，就像我们两个人在荡漾的波涛上孤独地漂泊……”

“然后，到达你们小时候在地图上看到过的一个海港，那里的一切都新奇而陌生。我想象得到，你跟阿丽莎一起走下船舷，她亲密地挽住你的胳臂。”

“我们要马上去邮局。”我笑着接口，“我们要去取朱丽叶给我们写的信……”

“从奉格司麦寄出来，朱丽叶还在那个地方，你们慢慢地觉得，那个地方实在是太小，太凄凉，太远了……”

朱丽叶当时是这么说的吗？现在我无法肯定，因为前面我说了，当时爱情占据了我所有的心思，除了爱情的表白，我几乎听不到别的声音。

我们走到阶梯附近，扭头正想往回走，阿丽莎突然从黑暗里站了起来。她的脸色看上去十分苍白，朱丽叶看到她的脸色不禁叫了一声。

“噢，没什么，我只是有点儿不太舒服。”阿丽莎急急地说，

“夜晚外面有点儿冷，我想我还是回房间好了。”话还没有说完，她就匆匆离开了我们，步伐极快地朝屋子走去。

“我们说的话她都听到了。”阿丽莎一走远，朱丽叶叫道。

“可是，我们并没有说令她不高兴的话。正好相反……”

“我先走了。”她留下一句话，就朝阿丽莎追去。

那天晚上我失眠了。晚饭的时候阿丽莎出来了，可一吃完饭她就说头痛又上楼去了。当时她到底都听到了什么？我的心里有些不安，我仔细地回想我和朱丽叶的对话。最后我猜测或许是我跟朱丽叶走得太近了，又或许是我用手臂搂了她；但这些都是童年就有的习惯，而且阿丽莎看到我跟朱丽叶这样走在一起很多次了。啊！我真是一个盲人，只顾着自己占到的好处，那时候居然没有认真听朱丽叶说的话。我并没有仔细听，记得也不是很清楚，或许阿丽莎把朱丽叶的话听得清清楚楚。应该没有多大问题，我决定无视自己的不安，无视阿丽莎会不会怀疑我，无视我对朱丽叶说过的话（很有可能是因为她对我说的话影响了我）。我决心克服自己的顾虑与恐惧，第二天就跟阿丽莎订婚。

这是我离开那里的前一个夜晚，我一直将她的悲伤归咎于此。可是她好像在躲着我，一个白天过去了，我都没有跟她单独相处过。因为担心没有跟她说上一句话我就离开了，所以我特意在晚饭前直接去她的房间找她。她背对着房门，正举起手臂往脖子上系一条珊瑚项链，她低着头，我看到一面立在两支燃着的蜡烛中间的镜子。她抬起头，先在镜子里看到我，然后她继续静静地注视着镜里的我，并没有转身。

“咦，难道是因为我的房门没关吗？”她说。

“我敲过门，但是你没有应声。阿丽莎，你应该清楚我明天要离开了吧？”

她依然没有回答，只是静静地把没扣上的项链放了下来。我隐约觉得“订婚”这个词对她来说太露骨、太唐突，就临时乱七八糟地用其他的句子来代替这个词。阿丽莎一明白我的意思，马上就好像站不稳了，她斜着身子靠着壁炉。但我自己也有些颤抖，低着头不敢看她的目光。

当时我离她没有多远，我垂下眼，拉上她的手；她没有把手抽回去，只是抬起我的手，脸朝下倾了倾，嘴唇吻上我的手背，她半倚靠在我身上，轻声说：

“不，杰罗姆，不……我们，我们还是别订婚了吧，求你……”

我的心脏怦怦地剧烈跳动，我想她一定感觉到了我的心跳；她的声音变得更加温和，说道：“不，暂时不可以……”

我问她：“为什么？”

“我也想问你，为什么？你为什么改了主意？”

我没有胆子向她提起那天我与朱丽叶的谈话，她似乎也察觉到我想到了那里。仿佛回答我心中的问题一样，她认真地盯住我的眼睛，说：

“你弄错了，朋友，幸福那么多，我并不需要。更何况，我们现在这样也很幸福，不是吗？”

她想冲我微笑，却没有成功。

“不，不幸福，因为我就要离开你了。”

“听我说，杰罗姆，今天晚上我不能跟你说些什么；最后的时间，我们不要糟蹋了……不，不，杰罗姆，我跟以前一样爱你，你不用担心。我会向你写信说明一切的。我保证，我一定会写信给你……明天吧……等明天你离开……现在，现在你就走吧！你看，我都哭了……你离开吧。”

她轻轻地把我从她身边推开，这就是我们的告别。那天晚上我再也没有跟她说上什么话。次日我动身离开时，她还待在自己的房间里没有出来。我看见她站在窗口冲我挥手，然后目送我乘坐的马车缓缓远去。

3

有一年的时间，我差不多没看到阿培·服提叶。没有等军队征召，他自愿提前入伍服兵役，我重新读了一年的修辞班，准备考学士学位。阿培比我大两岁，我把我的兵役拖延到巴黎高等师范毕业，今年，我和阿培一起去巴黎高等师范重读一年级。

对于这次重逢，我们感到很高兴。他离开部队后又去旅行了一个多月，原本我害怕他经历过这些后会发生一些改变，不过直到见面，我才发现他增添了一份自信，却并没有失去他以前的魅力。开学前一天的下午，我和阿培一起在卢森堡公园里闲逛，我憋不住心事，就跟他仔细地述说我对阿丽莎的爱，他原本就知道我和阿丽莎的事。那一年里，他也有过同一些女人交往的经验，所以他露出一种自负与优越的神情，可我并不在意。他笑我太优柔寡断，然后用一句格言表达出他的想法：不能给一个女人冷静的时间去改变心意。我让他继续说，但心里认为他这句格言无论是对阿丽莎还是对我都没什么用处，这只不过说明他对我们不了解而已。

我到巴黎的次日，就收到了一封信。

亲爱的杰罗姆：

我认真地想了想你提议的事。（提议的事，请称为我们的订婚吧！）我想了很久，发现自己的年龄大你太多了，我对你来说并不合适。也许你现在不这么认为，那是因为你没有机会结识别的女子。但我想到，如果我嫁给你，你却不爱我了，我的内心将会是怎样的痛苦。我知道你看到这里的时候一定会很愤怒，我好像已经听到你的反驳，但是我还是希望你能等等，等你认识了更多人以后再说。

希望你能明白，我说这些话都是为你好。至于我，我深信自己将永远不会停止爱你。

阿丽莎

我们的爱情完了！为什么会发生这样的事！我的心与其说是哀伤，还不如说是震惊。一时间我手忙脚乱，乱到我马上去找阿培，让他看看这封信。

“现在已然如此，你打算怎么办？”他摇着头看完了这封信，从紧闭的嘴唇里吐出一句话。他看我做出一个极其颓废的动作，才说：“我至少希望你别回信！因为你一旦和她争吵起来，那就彻底完蛋了……你听我说，这个星期六我们在勒阿弗尔待了一个晚上，星期天早晨就可以前往奉格司麦，最后我们回来赶星期一上午的课。自从我服兵役之后，我很久没有再去拜访你的那群亲戚了，这是个足够体面的好借口。如果阿丽莎明白这只是一个借口，那最好不过了，那时你就去和阿丽莎好好谈谈，朱丽叶就交给我来照顾。你千万别再犯蠢了。说实在的，你说的事情里面我总是有几个地方搞不懂，我想你应该没有把全部实情告诉我。不过没关系！我想我应该会搞懂的。记住，千万别通知她们我们要过去的事情，让你的表姐没有时间把自己武装起来。”

我推开花园的门，感觉到自己的心在怦怦狂跳。朱丽叶马上跑出来迎接我们。阿丽莎还在房里收拾东西，似乎没有时间赶下来。在我们跟舅父及阿绪拜尔敦小姐聊天时，她终于下楼了。本来以为我们的突然到来会令她慌张，但她却完全不动声色。我突然记起阿培跟我说的话，认为她迟迟没有出来见我一定是为了对付我。朱丽叶表现得极其活跃，阿丽莎的优雅显得她更加冷淡。我感觉得出来，她一定不希望我回来，至少我能在她平静的脸上看到一丝不赞成的神色；我无法猜测在她的这种态度后面，是否潜藏着另一种更为激烈的情感。她坐在靠窗的角落，离我们有点儿远。仿佛她所有的思绪都在窗帘的绣花上，她的嘴唇微微地翕动，像在细数针脚。还好阿培在讲话，幸亏有他！因为现在我连说话的勇气都没了，如果他没有在讲述那年服兵役和旅游路上的趣事，我想这次相聚一开始就会非常郁闷。舅父看起来也像是有心事。

才吃完午饭，朱丽叶就把我拖到一边，带我进了花园。

“你可以想象吗，有人跟我求婚了！”我们俩刚到没人的地方，她就高声喊了起来，“菲丽歇姑母昨天给父亲写了一封信，说是传达尼姆的一个葡萄园主对我的好感。听姑母说，那位园主为人很好，在今年春天的社交场合上与我偶遇几次，就爱上我了。”

“那么你注意到他了吗？”我问，语气里有对那求婚的人不由自主的敌意。

“嗯，我对他还是有点儿印象的，是一个有堂吉诃德性格的人，脾气很好，可是没有文化，长得十分丑陋，又很俗气，姑母一看到他都忍不住想笑。”

“那他……你会给他……机会吗？”我讥讽地笑着问。

“嘿，杰罗姆，你开什么玩笑！他是做生意的！……要是你看到他，可能就不会这样问我了。”

“舅父是怎么说的呢？”

“父亲依我的意思答复的：我现在年龄还小，结婚太早。不过倒霉的是，”她边笑边说，“姑母早就猜到父亲会这样回答，就在信的最后附言中说，爱德华·台西埃先生——她说这是那位葡萄园主的名字——他愿意等我长大，这样表示只不过是想成为‘候补’罢了。真是可笑，我总不可能回信说因为他长得太难看了吧！”

“既然这样，你不如说你不想嫁给一个葡萄园主。”

她无奈地耸耸肩膀：“这种理由，在姑母脑子里可是说不通的……唉，算了吧——阿丽莎给你写信了吗？”

她说话的速度有些快，好像她的心很乱。我将阿丽莎写给我的信递给她，她一看完就脸红了。她在跟我说话时，我都能在她的嗓音里听出怒意。

“那你现在怎么办？”

“我不知道。”我回答，“等我过来了，倒觉得还不如在信上写容易一些……我后悔过来了。你知道她的这封信想表达什么意思吗？”

“当然，她要让你自由。”

“自由？难道我有那么在乎自由吗？你知不知道她为什么要写这封信？”

她很快地回复一声“不！”就算我一开始不知道真相，但最起码从刚刚知道，朱丽叶或许并非对真相一无所知。然后我们走到小径拐弯的地方，朱丽叶突然转过身，说：

“你快点儿离开吧。反正你来这里也不是为了跟我聊天。我们相处的时间有点儿长了。”

她说完就飞快地跑进屋里，没多久，里面就传来了她弹钢琴的声音。

等我进了客厅，见她一边跟阿培聊天，一边懒洋洋地随意弹奏。我转身离开客厅，又到花园里游荡了好一阵子，企图在里面发现阿丽莎的踪迹。

在果园的尽头，我看到阿丽莎站在矮墙脚下，正在采摘刚刚绽放的菊花，花香与山毛榉枯叶的香味混合在一起，空气里弥漫着秋天的味道。阳光投射在靠墙的篱树上，晒得有些微暖，天空十分清澈透蓝。她的脸几乎是藏在一顶锡兰的大帽子里。这顶帽子是阿培旅游时给她买回来的，她马上戴了起来。我朝她走近，可是她没有转过身来看我，我清楚地看见她禁不住抖了一下，说明她听到了我的脚步声；我鼓起勇气，朝她靠近去面对她的责备，以及她朝我看来的严厉目光。但当我快要走到她面前的时候，仿佛胆怯了一样放慢脚步。她一直没有转过脸来，像个赌气的小孩子一样低着头，只不过从背后朝我伸出一只握满鲜花的手，仿佛示意我上前。我一见她的手势，反而没有再靠近她。她终于回过头，并朝我走近几步，抬起头来——我发现她一脸的笑容。她明亮的目光让我以为一切都那么纯真而简单，我没有花费力气，声调也没有变化：

“是你的信将我召唤回来的。”

“我当然明白。”她说，接着用温柔的声调说话，这样让她严厉的表情变得柔和一点儿。“我就是因为这点生气，你为什么要违背我的意愿呢？解决这样的事其实很简单……（哀愁、困难，现在看起来都是我的想象，是我胡思乱想出来的吧。）我早就跟你明明白白地说过，就这样我们也很幸福。当你希望我改变主意时，我拒绝了，你又为何对我的拒绝觉得奇怪呢？”

没错，我在她旁边感到很幸福，满满的幸福，所以我只想我的希望跟她的希望一模一样；我发现，除了她的微笑，我几乎没什么奢求，只想一直跟她在一起，只要漫步在温暖的、繁花盛开的小径上，手拉手一起行走。

“如果这是你希望的，”我肃然地回答，其他的愿望我无法再顾忌到了，完全沉醉在眼前的幸福里，“……如果这是你希望的，那就不订婚了。刚开始收到你的信，我还以为自己其实是幸福的人，然而我又失去幸福了。啊，请你将我原本的幸福还给我吧，我不能失去它。我爱你爱到灵魂深处，就算等你一辈子我也心甘情愿，可是阿丽莎，最让我无法忍受的是，你不再爱我了，或者你怀疑我对你的爱。”

“唉，杰罗姆，我没有怀疑过。”

她说这句话的时候，显得宁静而哀伤，然而，她脸上的微笑依旧美丽而耀眼，我忍不住对自己的多心与反驳感到愧疚；那时我以为是因为我的犹疑，才从她的声音里听出淡淡的悲伤。话锋一转，我开始跟她谈起自己的计划、学业，还有我渴望拥有的新生活。那时候的巴黎高等师范并不像现在，学校里严格的要求让懒惰顽皮的学生感到不安，但却对聪明努力的学生大有裨益。我挺喜欢学校那种如同修道院一样与世隔绝的生活，更何况外面的世界对我来说没有吸引力，只要是阿丽莎恐惧的地方，我马上觉得十分可恶。阿绪拜尔敦小姐还住在之前与我母亲在巴黎合租的房子里。她是我和阿培在巴黎唯一的熟人。每到星期天，我和阿培都会去她那里坐上几个小时，一到星期天，我同样会给阿丽莎写信，想让她知道我每一天是怎样度过的。

我和阿丽莎一起坐在大敞的菜棚边的框架上，黄瓜粗大的藤蔓从菜棚里乱七八糟地伸展出来，最后一些成熟的黄瓜已经摘了下来。阿丽莎认真地听我说，中途会问我几个问题，如果是以前，我想我是发现不到她脸上深情的表情是如何的温柔，又是如何的殷切。害怕、忧郁，甚至是微不可察的烦躁，似乎都悄悄地消失在她温柔的笑容里，都悄悄地融化在温暖的亲热里，最后如同雾气一般消散在透亮的天空里。

之后朱丽叶和阿培过来了，他们参与进我们的谈话。我们一起坐在山毛榉小树林的长椅上，一整个下午的时光，都在我们重新朗诵斯温伯恩的《时间的胜利》里流逝。我们每人轮着读一节，直到天色渐渐暗下来。

我和阿培离开时，阿丽莎拥抱了我，轻吻了我一下，然后摆出一副大姐姐的模样——或许因为我太过莽撞的行为让她这样摆出一副大姐姐的样子，又或许她原本就喜欢这样——她朝我打趣道："你一定要答应我，从此以后都别再做任性的事情了……"

"怎么样，你和阿丽莎订婚了没有？"最后只剩下我和阿培时，他立刻向我询问。

“亲爱的，我们以后别再提这件事了。”我跟他说，之后马上用不容质疑的语气添上另外一句，“这样也好。今天晚上，我想这比我以前任何时候都要幸福。”

“我也这么认为。”他突然搂住我的脖子大声说道，“杰罗姆，我告诉你一件事，一件极其美妙的事。我……我疯狂地迷恋上了朱丽叶——其实去年我隐隐约约地就意识到了，只不过后来我去外面游荡，原本还想等再见到你的表姐妹们之后再跟你说出来。现在啊，我完全肯定了，我这一生一世都有了爱的人！”

“我爱她，要怎么说出来呢——我对朱丽叶更多的是崇拜！在很久之前，我感觉我对你的感情像是双胞胎兄弟的一样！”

阿培又笑又闹，然后紧紧地将我抱住，如同小孩子一样，躺在我们回巴黎的火车座位上滚来滚去。听到他的宣言，我有些不可思议，对于他那含有笔墨渲染的腔调的话感到异常别扭。但是我又有什么办法抵制他的狂热与欢乐呢?

“听你这么说，你难道已跟她表白你的爱意了吗？”在他滔滔不绝的倾诉里，我难得找到一个空隙插嘴。

“没有！我还没有！”他大声说道，“我不希望这么匆匆地跳过故事里最美的一个章节。爱情里最美好的时光，并不是你对我说：我爱你……喂，慢性子大师，你应该不会因此责骂我吧？”

“只不过，”我的心里有些懊恼，“难道你认为她……”

“难道你没有发现她看到我时是如何的慌乱吗？我们单独相处时，她似乎从头到尾都很紧张，她的脸似乎特别容易红，话也变得多了起来……对啊，那时候你的心思都在阿丽莎身上，你当然什么都没注意到！她问了我好多问题！她认真地听我说话，这一年来，她的智力似乎也发展了许多。我真不懂你为什么以为她不喜欢看书；在你的心里，只有阿丽莎什么都知道！然而，我的朋友，她懂的东西多得可真叫人惊讶！你知不知道我们在吃晚饭之前在玩什么？我们一起背诵但丁的《神曲》。我们一人背诵一句，我背诵错误时，她帮我纠正，其中有一句你一定知道：我的灵魂与爱情在进行理智的辩论。”

“你之前并没有跟我说，她学习过意大利语。”

“就连我也不知道这件事情。”我说，心里对此感到十分意外。

“怎么可能！刚开始背诵短曲时，她跟我说，是你教会她的。”

“哦……那我想一定是哪天她坐在旁边绣衣服时，我正好给她姐姐念，她便听进去了吧，但她并没有表现出她听懂的样子。”

“你跟阿丽莎真的是太自私了！你们两个人只顾着沉浸在对对方的爱里，却从来都没有注意到朱丽叶是多么聪明，她的灵魂是多么出色。当然，我并没有乱说，其实我应该早点儿过来。唉……不，不，我并没有生你的气，你明白的。”他说着，又拥抱了我一下，“我要你答应我！我刚刚说的话你一句都别跟阿丽莎说。我自己的事就由我自己处理好了。朱丽叶已经坠入我织好的情网里，毋庸置疑，我十分的肯定。我甚至敢把她放一放，等到下一次放假我再去找她，在这期间我也不打算给她写信。等到时候我们一起去勒阿弗尔过圣诞节，说不定那时……”

“那时会怎么样？”

“说不定那时，阿丽莎会突然听说我和朱丽叶订婚了。这件事我要干脆利落地解决。你猜猜后面会发生什么？如果那个时候你还没和阿丽莎订婚，我就以我们为榜样帮你得到阿丽莎，只要我们让她相信，我与朱丽叶不能在你们结婚之前举行婚礼……”

他不停地说着，滔滔不绝地将我淹没在他的话语里。火车抵达巴黎时他也没有停嘴，我们回到巴黎高等师范他还说个没完。我们从火车站走路回到学校，这个时候夜已经深了，阿培还是陪我回到宿舍，并且一直与我交谈，直到天亮。

阿培十分激动，他将现在和以后全部都安排好了。他似乎已经想象过了，并向我描述我和阿丽莎及他和朱丽叶四个人的婚礼，他还想象了每个人脸上或惊讶或欣喜的表情。他陷入我们的美丽故事，迷上我们的友谊，以及他在我的爱情里担当的角色。我无法抵挡他热情的煽动，终于感觉自己受到了他的影响，也渐渐跟他一起陷入对未来的美好幻想。我们的野心与勇气，借着我们的爱情开始不断膨胀：等大学毕业，服提叶牧师帮我们主持婚礼，最后我们四个人一起进行蜜月旅行，然后我和阿培去干出一番大事业，我们的妻子十分乐意与我们合作。阿培对于教书不感兴趣，他自以为他天生就是一名作家；他创作出几部成功的剧作，很快就挣到他需要的钱财。而比起获利，我对研究更有兴趣，我希望全身心地投入宗教哲学的研究里，写一部关于哲学历史的著作——但是，我们拥有那么多愿望，现在回忆起来，又有什么作用呢？

第二天，我们两个人就开始埋头苦读了。

4

没过多长时间，就迎来了新年假期，那次与阿丽莎的谈话一直鼓舞我到现在，我的信心一刻都没有动摇。我照着心里的想法，每到星期天就写一封长长的信给她。剩下的六天时间，我没有再与同学交往，几乎只和阿培来往。我在想念阿丽莎的日子里度过，在我爱看的书上帮阿丽莎做了不少笔记，我琢磨着她看书的喜好，并以此决定自己该对什么感兴趣。她每次都会给我回信，只不过信里面的内容依旧让我不安，我从信里面看出来，她之所以热情地追随我，其实是想给我学习上的鼓励，并不是她真心想表达出来的。对于我来说，讨论、批评都是表达思想感情的方式，可对于阿丽莎来说刚好相反，她似乎是在向我掩饰她的思想。所以偶尔我也会怀疑，她是不是把这一切看成是一场游戏。我不在乎！我什么都不埋怨，在写的信里面我也不会流露出一丁点儿不安。

十二月底，阿培和我再一次去了勒阿弗尔。

我一下火车就直接去了朴朗提叶姨母家。不凑巧的是，我抵达姨母家时她并不在家。没等我在自己的房里安顿好，就有仆人进来告诉我说姨母在客厅里等我。

姨母简单地问了我的身体状况、我居住的地方及学习状况，之后就再没有花太多心思，而是向我表达出亲切的好奇心：

“你还没有告诉我，孩子，你在奉格司麦过得怎么样？你的事情有点儿进展吗？”

我清楚姨母的为人，所以我忍受着她的问话。就算她用最单纯、最温和的语气提及我与阿丽莎的感情，我仍未免觉得有点儿唐突。我的心里很痛苦，然而她说话的语气是如此的直率、如此的诚恳，我要是生气，这就有点儿过分了。但是，我总得稍微表达一下我的意见：

“春天的时候，你不是还认为订婚有些早吗？”

“是的，我知道，一开始的时候都是这么说的。”她边说边拉起我的手，深情地将我的手紧紧握住，“更何况，你要兼顾你的学业，还要去服兵役，没有几年时间你结不了婚。再说，我个人本来就不赞成订婚后拖太长时间才结婚，这只会害苦那位年轻的姑娘……尽管有时挺感人……还有，你们不要把婚约的事情弄得太张扬……同时也要让人清楚，她已经订婚了。这样一来，你们两人间信件的来往，你们之间的联系，就是理直气壮的。如果还有人向她求婚——这种情况也说不定会有。”她委婉地笑道，“这就可以婉转地暗示对方……不，不用再费这个心思了。你知道吗？有人向朱丽叶求婚了！今年冬天，她十分惹人注目，只不过她的年龄还有点儿小。虽然朱丽叶也是这样答复别人，但那个青年表示，他愿意等她长大——再说了，那人的年纪也不小了……不管怎么说，他算得上是一个可靠的好对象。明天你就可以见他一面，他来我这里过圣诞节，到时候你告诉我你对他的印象。”

“我想……姨母，他可能要白费一番心思了，因为朱丽叶已经有喜欢的人了。”我说，强忍着不把阿培的名字说出来。

“哦？”姨母偏过头来看我，脸上还带有一点儿怀疑，“你说的话可真让我感到吃惊！既然这样她怎么都不跟我说一声呢？”

我咬住嘴唇，避免自己说出太多不该说的。

“好吧！过段时间我们就会知道了……最近朱丽叶身体有点儿不好。”她接着说道，“现在不是谈论她的时候。啊！阿丽莎也是个十分可爱的孩子。对了，你跟她表白过吗？有还是没有？”

“表白”这个词让我从心里有些反感，因为在我看来，这个词既粗野又唐突，但是既然被人当面提问，而且我也不会说谎，所以我只能狼狈不堪地说：“表白过了。”说完后，我立马觉得脸上有点儿发烫。

“那她的回应呢？”

我垂下脑袋，不想对此作出回答。可我这样似乎更狼狈，我含糊地回答：“她不愿意订婚。”

“好啊，这小丫头终于做对了！”姨母大声说道，“你们两人的时间还长着呢，当然……”

“噢！姨母，我请求你别再说了。”我想拦住她，让她别再说下了去。

“当然，她这么做我并不奇怪，因为我一直认为你表姐比你懂事……”

当时我也不知道怎么了，似乎是因为她的询问打乱了我的思绪，我的心突然像裂开一样的痛，于是我像孩子一样，将脑袋埋在姨母的膝盖里，失声哭了起来。

“不，姨母，你什么都不知道。”我哭道，“她没有让我等她……”

“什么！她是拒绝你了吗？”她说，语气里充满怜悯，她温柔地用手捧起我的头。

“不，不是……也不完全是。”我绝望地摇头。

“那么你是担心她不爱你吗？”

“啊！不是，我害怕的并不是这个。”

“我可怜的孩子啊，若是你想我明白你的话，那你还得把事情说得再清楚一点儿。”

我对于意志薄弱地表达自己的感情感到既羞愧，又烦恼。姨母当然不知道我不安的原因，但要是阿丽莎的拒绝是为了隐藏一些特殊的原因，我想姨母应该会好好地向她询问，或许这样还会帮我把原因找出来。姨母很快主动说了出来。

“听我的话。”她说道，“阿丽莎明天早上会过来帮我布置圣诞树，到时候我可以很快弄明白这到底是怎么回事。等吃午餐时我会告诉你，相信我，你并没什么可害怕的。”

我去比柯伦家吃的晚饭。朱丽叶这段时间确实生病了。我感觉她的样子变了不少，她的眼神显得有些凶狠，差不多是残酷的神色，这让她跟以前的她比起来似乎有了更大的不同。这天晚上，我并没有机会跟这姐妹俩当中的任意一个人单独地谈话，而且我也没有这种想法。我看到舅父的脸上显露出疲惫的神情，所以饭后没有多久我就同舅父告辞。

朴朗提叶姨母每年布置的圣诞树都会引来一大群亲友与孩子。这棵圣诞树立在通往内厅的楼梯口，而门厅又与前厅、一间客厅及设有玻璃门的花房相连接，房里还摆有长长的一桌子的食物。圣诞树还没装扮好。圣诞节的清晨，也就是到姨母家的次日，正如姨母说的一样，阿丽莎早早地过来帮姨母将装饰物、彩灯、水果、糖果和玩具挂到圣诞树的枝丫上。我原本对能够和她一起帮忙感到十分开心，但我必须让姨母单独跟她聊聊，于是我在没有和她见面之前就离开姨母家，一整个上午，我只能想方设法度过这段磨人的时光。

我首先去了比柯伦家，原本想去看望朱丽叶，可我又听别人说阿培比我早一点儿到了朱丽叶身边。我马上离开了比柯伦家，生怕我会将一场十分关键的谈话给打断。然后我又去了码头，之后还在街上转了一圈，直到吃午饭的时间到了，才往姨母家走去。

“笨蛋！”姨母一看到我回来就大声喊，“这样糟蹋你的生活是为了什么？昨天你跟我说的哪一句话是有理的？……哦！我没有拐弯抹角：我将辛苦帮忙做事的阿绪拜尔敦小姐打发走了，最后只有我和阿丽莎，我直接问她为什么不在今年夏天订婚，你难道认为她会害羞吗？不，其实她没有犹豫，反而很平静地回答我的问题，说她并不想在她妹妹之前结婚。要是你直截了当地去问她，她也许会如同对我一样地面对你的问题。这有什么让你担惊受怕的？你要知道，孩子，说什么都比不上实话实说……可怜的阿丽莎，她还向我提及她的父亲，并向我表明她暂时不会抛下她的父亲不管……啊！我和阿丽莎还聊了很多，她真是一个乖巧的小丫头。她还跟我说，她并不是很肯定自己对你来说是不是最适合的；她担心自己的年龄比你要大许多，她还希望你能够找一个跟朱丽叶年纪差不多的……”

姨母还想接着说，但我已经听不下去了。姨母的话中有一点于我关系重大，那就是阿丽莎不愿意比朱丽叶先结婚，但阿培现在不正在朱丽叶那里吗？这个自作聪明的家伙，看样子还真被他猜中了：正像他说的那样，可以同时完美解决我们两人的婚事。

姨母的话给了我一个简单而重要的启示，我努力按捺下内心的激动，只在脸上表现出一点儿开心的样子。在她看来，我这样最自然不过，更令她倍加开心的是，我的开心还是她给我的。刚吃过午饭，我随便找了一个借口离开姨母，前去寻找阿培。

“嘿！之前我跟你说了什么！”他听完我跟他说的好事，笑着拥抱我，又大声说道，“我的朋友，我完全可以向你说明，今天上午我跟朱丽叶的谈话具有极其重要的意义，尽管我们之间的话题几乎离不开你。但我发现她今天似乎有些疲惫，精神状态也不太好……我原本害怕我说得过头会打扰她，又担心聊得久了她会太兴奋。但是从你说的情况来看，这就没多大问题了！我的朋友，我要抓紧手杖，戴好帽子，准备上路！你可得陪着我一起去比柯伦家门口，这样你才能拉住我，免得我在半路高兴得飞起来：我现在感觉身子比欧福里翁还要轻盈！等到朱丽叶明白因为她自己，阿丽莎才不愿意答应你的请求，等我马上跪在地上向她求婚……啊！我的朋友，我几乎看到了我父亲今晚将会出现在圣诞树前，一边歌颂上帝，一边流下满含幸福的泪水，他将他满含祝福的手，伸在两对跪在他面前的未婚夫妇头上。阿绪拜尔敦小姐要发出一声长长的叹息，朴朗提叶姨母一直用她的衣襟擦拭泪水，灯火迷人的圣诞树仿佛在赞美上帝的荣光，简直要化作《圣经》里的高山那样鼓掌。”

天快黑了，终于点亮了圣诞树上的蜡烛，孩子和亲朋们在圣诞树的四周围聚。我在与阿培分开后不知道能做些什么，心里满是焦虑与不安。我爬上圣安特列思悬崖，原本是想找点儿事情做，可在那里转了一段时间后迷路了。最后，等我回到朴朗提叶姨母家时，欢庆圣诞的活动还在进行中。

我刚走进门厅，就看到了阿丽莎。她应该在等我，因为一见我回来就马上朝我走来。她穿着一件浅色上衣，脖子上挂着一个老款式的紫水晶小十字架，这是我母亲的遗物，为了纪念母亲我将它送给她，但是之前我从来没见她戴过。她看着我，眉毛皱起，脸上痛苦的神情让我看着心里很不好受。

“你怎么这么晚才回来？”她压低了声音，急急地说，“我有事情要跟你谈谈。”

“那是因为我在悬崖上迷路了……你看上去脸色不是很好……哦，阿丽莎，到底发生什么事了？”

她站在我的面前，怔怔地看着我，嘴唇一直都在发抖，她如同哑了一样说不出话来。一种莫名的恐惧将我笼罩，我一时间竟没有勇气去询问她。我看着她举起手，轻轻搂住我的脖子，似乎是想将我的脸拉近她的脸。我感觉得出来，她有话想跟我说，可就在这时，外面有几位客人进来了，她突然间像失去了勇气一般放下她的手……

“没时间了。”她像是在自言自语。紧接着，她似乎发现我的眼里盈满泪水，才用如同哄小孩子的语气为我疑惑的目光解答，好像这样我能得到安慰。

“没事……你放心好了，我就是觉得头有点儿痛，这些小孩真是闹腾……我才不得已来这里躲一躲……现在，我应该去他们那边了。”

话一说完，她就离开了，这时又有很多人进来，把我和她隔开。我原本想去客厅找她，却发现她在房间另外一边，站在一群孩子当中教他们玩游戏。在我和她之间的那段距离上，我认出一些人，要是我经过他们旁边，指不定会被他们留下来，我对于应酬还有点儿不太擅长，我或许可以沿着墙边溜过去……先试试吧。

经过花园的大玻璃门时，我发现自己的胳臂被人抓住了，是朱丽叶，她站在玻璃门内侧，露出一半的身子，另一边被门帘遮起来了。

“到花房里去。”她语速飞快，“我有事一定要和你说说。你先过去，我等一下去那里找你。”说完后，她半开了门，马上溜到花园里去了。

是出事了吗？我想去看看阿培。是不是他对朱丽叶说了什么？是不是他对朱丽叶干什么了……我看了看大厅里面才去花房，朱丽叶就在花房里等我。

她的脸红彤彤的，两条眉毛也紧拧在一起，眼中露出忍耐而痛苦的表情，她的眼睛很亮，就如同发烧了一样，我听见她的声音也变得紧张而生硬。她的情绪在燃烧，似乎很激动，我的心里隐隐有些不安，但我看到她如此美丽，不禁惊异起来，甚至有些窘迫。花房里只有我和朱丽叶。

“阿丽莎已经对你说了吗？”她马上向我问道。

“她没有跟我说几句，因为我回来得太晚了。”

“你知道她希望我能先于她结婚吗？”

“当然。”

她直勾勾地盯着我……

“那么你又知不知道她让我嫁给谁？”

我愣了愣，没有说话。

“是你！”她叫出声。

“胡闹！荒唐！”

“可不是！”她的声音里含有绝望，还有胜利的味道。她挺了挺身，准确来讲，她将身子往后仰……

“我知道以后的事情该怎么做了。”她含糊地添了一句，打开房门，甩门离去。

我的头脑及我的心，都变得乱七八糟。我感到鲜血冲击着我的太阳穴，现在，我脑子里只有一个念头：找阿培。说不定他可以跟我解释一下阿丽莎与朱丽叶的话。但我不敢去客厅，我害怕谁都可以发现我的慌乱，所以我离开屋子。花园有点儿冷，这让我很快冷静下来，我又在花园里待了一段时间。夜色渐深，海雾将城市笼罩。树上光秃秃的，没有树叶，天空与大地透出一股无限孤寂的味道……有人唱起歌来，应该是那些包围圣诞树的小孩们在合唱，我进了门厅。客厅跟内厅的门大敞着，这个时候客厅里几乎无人，我看到了半藏在钢琴后的姨母，她正在跟朱丽叶说着什么。再看内厅，那些客人都站在圣诞树四周。小孩们唱完赞歌，门厅里便静了下来。这个时候，站在树前的服提叶牧师又开始向人布道，他绝对不会放过这个“播善种”的好时机。灯光与热气让我感到了压力，于是我准备离开，却又看见了阿培，他倚在门边，我猜他已经等了一段时间。他盯着我看的目光里含有敌意，但是我和他的目光相对时，他却耸耸肩膀。我向他走了过去。

“傻瓜！”他低声说道，停了一会儿，他突然说：“走吧！咱们出去，我早就听腻了这些说教！”

我们一起走到外面。“傻瓜！”他又说。我极其不安地注视着他，不说话。“她爱的人是你啊！傻瓜！你为什么不跟我说？”

我愣在原地，捺住自己不去理解阿培的话。

“不能，这是当然！因为你自己都不知道她对你的感情！”他紧紧抓住我的胳膊，愤怒地摇晃我。他咬牙切齿，说出的话都颤抖地发出“咝咝”声。

“阿培，求求你。”我沉默半晌，连声音都在颤抖。阿培拖住我，大步地四处乱走，“你先别生气，完完整整地把所有的事情都跟我说一遍，我还什么都不清楚。”

他猛然停了下来，借着街灯昏暗的光芒看着我，突然，他将我拉过来，把头放在我的肩上，声音里有些呜咽。

“真抱歉！其实我也是个傻瓜，而且我看得比你还不清楚，我可怜的兄弟！”

他流出了眼泪，这让他平静了一些，他抬起脸，迈起大步边走边说：“发生了什么事？现在说它也没有用了……今天早上我跟你说的话，我也跟朱丽叶说了一遍。她看上去太美了，也十分高兴，我一开始认为是因为我，但……是因为我们在聊你。”

“难道当时你没发现吗？”

“不，当时我并不明白。但现在……回想起最细微的情节，我都明白了。”

“你确定你没有搞错？”

“搞错？兄弟，只有盲人才看不出来她爱你！”

“可阿丽莎……”

“阿丽莎只不过是在牺牲她自己。她发现了朱丽叶的秘密，所以想把你让给朱丽叶。看，其实这并不难懂。那时我本来是要跟朱丽叶再说一下，但我还没说两句，准确地说，她一早就知道我想做什么，就从沙发上站起来，还说了好几遍一样的话：‘我早想到了。’但是我从她的声音里听出她其实什么都没想到……”

“啊，你是在说笑吗？”

“你怎么这样想？我也认为这件事像是个玩笑。她跑进阿丽莎的房间，听到里面十分激烈的争吵声，我很惊讶。我想和朱丽叶再见一面，但没多久阿丽莎从里面走出来，还戴上了帽子。她看到我似乎很惊讶，就一边急急地跟我打招呼，一边往外走……

就是这样。”

“你没看到朱丽叶吗？”

阿培有点犹豫：“看到了。等阿丽莎离开，我就去了她的房间，打开门看见朱丽叶就站壁炉前，双肘搭在大理石炉台上，两手托住下巴，怔怔地照着镜子。她分明听到我进来了，却没有转身，只是烦躁地跺脚喊：‘唉！你别烦我！’她的语气很凶，所以我什么都没问就离开了。事情就是这样。”

“那现在呢？”

“唉！我现在跟你说说倒觉得心里舒服些了……现在的话，我想你得想办法治好朱丽叶爱情的创伤，不然就算我不清楚阿丽莎的想法。如果你解决不了这件事，阿丽莎将不会再回到你身边。”

我跟阿培沉默着走了很久。

“走吧！”他最终跟我说，“客人应该都离开了，我担心父亲还在等着我。”

我们一回去，就看到客厅里真的一个客人都没有了。前厅里面，圣诞树枝丫上挂的礼物早就被拿光了，蜡烛几乎燃烧殆尽，圣诞树下只有姨母和她的两个孩子、舅父比柯伦、阿绪拜尔敦小姐、牧师、朱丽叶，还有一个长相十分可笑的人。我之前看到这个人跟我的姨母聊了很长一段时间，直到现在我才认出他其实是朱丽叶跟我提起过的那个向她求婚的人。这个人的身材比我们任何一个人都要高大，看上去十分健康，他的脸色红润，可他的头几乎都秃了，他来自另一阶层、另一个地方、另一个种族；他好像也察觉到自己在我们一群人中像个局外人，所以十分不安地捻着他下巴上的一撮灰色的胡须。

门厅的门大敞着，灯全灭了，我和阿培悄悄地走了进去，没有人发现我们，我的心里突然衍生出一种不祥的预感。

“别走！”阿培抓紧我的手臂说。

我看到那个陌生人来到朱丽叶身旁，他拉起她的手，而朱丽叶也任由他拉住，没有一点儿反抗，但是她却没有看他一眼。我的心顿时如同被黑夜笼罩……

“阿培，这又是什么情况？”我小声地问，我现在还不明白，或者我希望我的理解是错误的。

“唉！小姑娘被人先一步抢走了。”他有些唏嘘地说，“她一点儿都不希望躲在她姐姐身后。哎呀，我想天使们肯定在天堂里为她的行为鼓掌！”

舅父过去亲亲朱丽叶的脸颊，阿绪拜尔敦小姐跟我的姨母站在她的身边。服提叶牧师也朝他们走近。我不动声色地往前走了一步，阿丽莎发现我了，马上跑来，她的声音十分激动，甚至还在颤抖。

“哦，杰罗姆，这绝对不可以啊！朱丽叶不爱这个人！明明在早上的时候她还跟我这么说的。快点儿想办法，别让她嫁给那个男人！杰罗姆！哦！她到底想做什么！”

她将头搭在我的肩上，痛苦地向我哀求，声音里透出一股绝望。只要能减轻她的痛苦，我甘心豁出自己的性命。

一声大叫突然从圣诞树那边传来，接着是一阵混乱。我们匆匆跑了过去，只见朱丽叶昏过去了，倒在姨母怀里。所有人都跑过去，俯下身去看她，我并没有看清楚，凌乱的长发往后扯着她苍白如纸的脸，我看到她的身体还在抽搐，这明显不是正常的昏迷。

“没事，没事！”我姨母为了让受到惊吓的舅父安下心来，大声地说道。服提叶牧师用食指指天，早就在安慰舅父。“别担心！没发生什么事，她只不过是太激动了，以至于神经紧张得晕了过去。台西埃先生，你的力气大，过来帮帮我。我们一起将她抬进我的房间，把她放在我的床上……我的床上。”姨母说。之后，她又低下头凑在她大儿子的耳边，像是对他说了句什么，他马上离开了，我猜他肯定是请医生去了。

姨母跟那个向朱丽叶求婚的人一起扶着朱丽叶的肩，朱丽叶则半靠在他们怀里。阿丽莎温柔地抱着她妹妹的双脚。阿培上前扶起了朱丽叶往后倒下的头——我看到他拢了拢朱丽叶凌乱的头发，他又低下头，一遍又一遍地亲吻她的头发。

我站在姨母房间门口，看着大家将朱丽叶放在姨母的床上。阿丽莎跟台西埃先生及阿培说了些什么，但是我没有听清。阿丽莎把他们送到门口，又拜托我们让朱丽叶好好休息一下，只要有她和姨母两人一起陪着朱丽叶就好。阿培抓着我的手臂将我拖了出去，我们两人没有目的地，没有任何想法，也没有心思地在黑夜里走了很久。

5

似乎除了爱情，我这一辈子没有什么追求，我对于爱情是执着的，我只关注阿丽莎，其余的我从不期待，也不想期待。

第二天早晨，我正预备去看她，我的姨母却给了我一封她刚接到的信。

……朱丽叶极度不安定，吃了医生开的药，近天亮才见好转。我请求杰罗姆几天内不要来这里。朱丽叶会听出他的脚步声、他的声音，而她此刻正需要最大的平静……

我怕朱丽叶的病状叫我离不开这里，倘若在杰罗姆走以前我不能见他，好姑母，请你告诉他我会写信给他……

只不准我去！我的姨母，随便什么人都可以去敲比柯伦家的门，姨母还打算当天就去。我会吵到她！多么差劲儿的借口！不过没有关系。

“好吧！我不去。”

不能立刻见到阿丽莎颇令我痛苦，可是我也怕见她：我怕她把妹妹的情形归咎于我，见她生气还不如干脆不见她。

但不管怎样，至少我要见一见阿培。

在阿倍家门口，女仆交给我一张便条：

我留下几句话，好叫你不至于担心。留在勒阿弗尔，同朱丽叶离得那么近，让我受不了。昨夜，差不多一离开你，我就搭船去往南安普敦。我预备到伦敦S先生家度完这个假期。我们在学校里再见。

一切人力的帮助一下子都弃我而去，我不想让这次只带给我痛苦的小住延长，在开学以前就回到了巴黎。我把目光转向上帝，转向“赐下一切真正的安慰、一切恩惠、一切完善的赏赐”的上帝。我向他奉上我的苦难。我想阿丽莎也是向他寻求托庇的：一想到她也在祈祷，就能鼓舞、激励我的祷告。

然后是一段长长的默想与读书的时间，除了和阿丽莎通信外别无他事。我把她的信都保留了：我的回忆从现在起，借着它们的帮助，可以有所校正，特别是在我的记忆混乱时。

从我的姨母那里，起初也只有从她那里，我得到勒阿弗尔的消息。我得知最初几天朱丽叶的病状引起何等的不安。我走后十二天，终于接到阿丽莎的这一封短信。

亲爱的杰罗姆：

原谅我没有早一点儿写信给你。可怜的朱丽叶，她的病状简直不容我有一点儿写信的时间。自从你走后，我差不多没有离开过她。我请求姑母把我们的消息告诉你，我想她已经照办了，所以，你应当知道这三日来朱丽叶已经好多了。我已谢过上帝，可是还不敢乐观。

阿丽莎

我很少提到的罗伯比我晚几天回到巴黎，也给我带来他们的消息。为了他们的缘故，我花了更长的时间和他在一起，照我原来的性情本不愿如此。每逢他所在的农学院不上课时，我总照应他，煞费苦心地带他玩。

从他那里我听到了我不敢问阿丽莎也不敢问姨母的事情：爱德华·台西埃很殷勤地探询朱丽叶的消息，可是在罗伯离开勒阿弗尔时，他还没有见到他。我也听说朱丽叶在他面前保持顽固的沉默，无论如何都不愿说话。

不久后，我从姨母那里知道朱丽叶坚持宣布她的婚约，虽然我直觉阿丽莎希望立刻解除它。任凭大家怎样劝告、命令、恳求，朱丽叶的决心一点儿也不动摇，就像是有一条横木横在她的额上，一条带子绑住她的眼睛，把她包围在沉默里。

日子就这样过去了。我从阿丽莎那里只接到一些最不着边际的短信，我实在也不知道该给她写些什么。冬天的浓雾把我埋了起来，唉！我的桌灯、我的爱情和我的信心，都无法从我的心上赶除黑夜，驱去阴冷。

时间就这样过去了。然后，春天忽至的一个早晨，当时不在勒阿弗尔的姨母收到阿丽莎的一封信，姨母转送给我看，我把其中可以阐明这个故事的一段抄下。

赞美我的顺从吧：依着你的劝告，我去见台西埃先生，同他谈了好久，我承认他举止完全得体，我甚至，老实说，要相信这场婚姻不至于像我原先所害怕的那样不幸！朱丽叶当然不爱他，可是，一星期一星期过去了，我越来越感觉他并非配不上她的爱。他很清楚当前的事情，对于妹妹的性格他也没有看错，可是他深信自己的爱情一定有效，自诩没有什么不能由他的恒心来加以克服。这就是说，他已陷得很深。

是的！我极感激杰罗姆那样照应弟弟，我想他这样做完全是出于义务，因为罗伯的性情和他截然不同——也许也是为了讨我喜欢——可是无疑他已经知道所担的任务越艰苦，便越能锻炼、提升灵魂。你或许会想这都是唱高调，可是请不要太取笑你的傻侄女，因为就是这种思想支撑着我，帮助我把朱丽叶的婚事看作一件好事。

你亲切的关怀真叫我快慰，亲爱的姑母……可是别以为我有多么难过吧，我几乎可以说恰好相反，因为朱丽叶所经历的试炼已经影响了我。《圣经》里我常读而不大懂的一句话现在也豁然开朗了："活该啊，依靠人的人。"我在从《圣经》上看到它的很久之前，我已经在杰罗姆寄给我的一张圣诞贺卡上看到了这句话。那时杰罗姆还不足十二岁，而我刚满十四岁。那张卡片上画着我们那时觉得很好看的一束花，旁边是高乃依的几行诗：

世界上何种得胜的蛊惑
今日引导我向上帝飞升？
活该受苦啊，那完全把依靠
寄放在他人身上的人！

比较起来我得承认我比较喜欢耶利米简单的原句。当然杰罗姆挑选那张卡片的时候，并没有怎样注意字句。可是从他的信看来，他现在的心情和我很相似，我每天感谢上帝用同样的打击使我们两个更接近他。

我没有忘记我们的谈话，我不再像过去那样常写信给他，免得打搅他的功课。你一定会觉得我为了补偿而愈加多谈到他了；我怕自己会谈论得太久，就此搁笔。这一次不要太责骂我吧。

这封信引发我多少感想啊！我诅咒姨母过分的干涉（阿丽莎所提到的，那使她对我沉默的那一番谈话是什么呢？），以及她把这封信转给我看的笨拙好意。阿丽莎的缄默早就叫我很难忍了，啊！索性不让我知道她把不再对我讲的话告诉别人不是好上千百倍吗？信里的一切都激恼着我：她那么随便地对姨母讲我们之间极琐碎的秘密，还有她那种自然的语气、她的冷静、她的认真、她的愉快。

"不，可怜的朋友，这封信没有什么值得你气恼的，除了不是寄给你的。”阿培对我说（他是我日常的伴侣，我只能对他倾诉）。寂寞的时候，由于我的软弱，我对同情的渴望，我的缺乏自信，以及在困惑中我对他的忠告所怀的信任，我一次又一次投靠他，虽然我们的性格不同，或者就因为我们性格不同。

“我们把这封信研究一下吧。”他一边说，一边把信摊开在他的书桌上。

三个夜晚已在我的恼怒中流逝了，我设法把恼怒藏在自己心中也已经有四天了！我差不多自然而然地到了一个一触即发的极点。

“我们把朱丽叶、台西埃这一对归诸情火吧。嗯？我们知道这种火焰的代价。一点儿也不错！台西埃正是飞蛾，在火中燃烧他的翅羽。”

“好了。”我说，很讨厌他的玩笑，“我们接着看下去。”

“其余的，”他说，“其余的一切都是写给你的。你没有什么好埋怨的。没有一行，没有一个字不充满对你的思念。可以说这封信完全是写给你的，菲丽歇姨母转送给你，无非是转寄给真正的收信人罢了。无法写给你，她才写给那位好老太太以为代替转述。那几行高乃依的诗与你的姨母有什么关系——顺便说一句，这其实是拉辛的诗——她是在和你讲话呀，我告诉你，这一切都是对你说的。你真是个傻子，如果你的表姐只是两星期内没有同样长长的，同样随便的，同样愉快地给你写信……”

“她这样并非正途啊！”

“是你使她这样做的。你要我的忠告吗？从此别再提到爱情和结婚的事：你难道没有看出自从她妹妹发生变故以来，她反对的就是这个吗？在友爱上下功夫，多和她谈罗伯——既然你有耐心照顾那个小傻瓜。只要继续迎合她的心意，其余的事情自然就水到渠成了。啊，如果是我，瞧我怎么给他写信！”

“你不配去爱她。”

然而我还是听从了阿培的劝告。不久阿丽莎的信果然变得更有生气了，可是我还不能希望她有什么真正的喜悦或者毫无保留的倾谈，这些都有赖于朱丽叶的情况幸福是否确定下来。

阿丽莎告诉我她妹妹渐渐地好了起来，妹妹的婚礼将在七月举行。阿丽莎在信上说她想那时阿培和我恐怕会因为课程忙碌而走不开……我明白她认为我们最好不要参加婚礼，所以我们借口有考试，只发去贺词以表达心意就行了。

婚礼后两个星期左右，我接到了阿丽莎这封信。

亲爱的杰罗姆：

想想看我何等惊讶，昨天偶然翻开你送给我的那本《可爱的拉辛》，竟在里面发现你从前送给我的，我在《圣经》里夹了快十年的那张圣诞贺卡上的四行诗：

世界上何种得胜的蛊惑
今日引导我向上帝飞升？
活该受苦啊，那完全把依靠
寄放在他人身上的人！

我本来以为这是改自高乃依的诗句，老实说我本来不太重视的。可是我读到第六赞美诗的时候，看到这样美妙的几节诗，无法不抄下来。从你在书边上记下的那些轻率的缩写字母上判断，你想必早已读过这几节。（的确，我习惯在我和阿丽莎的书上写满她名字的第一个字母，指点我喜欢、我希望她知道的章句）没有关系！我抄下来是为了让自己愉快。起初我有一点儿懊恼，因为我以为这是我自己发现的，原来却是你指给我的，随后一想到你和我一样喜爱它们，这种不快就消失了。在抄写的时候，我觉得就像是和你一块儿读着它们。

不朽的智慧之声
响起来教训我们说：
你们啊，人类的后裔，
半生劳心的结果是什么？
虚浮的众生，何由
浪费了你们最纯粹的心血
所换来的东西往往不是
你们所要的粮食
而只是影子，那只使
你们比原先更饥饿的东西？
我献给你们食粮
天使们的食物
上帝亲手
以它的面粉精华做成
这是何等甘美的食粮
你们所居的尘世，永远
也无法享有

我发给顺从我的人
你们可想求得生命？那么
来领受吧！来得生命！
……
为你所囚的灵魂
在你的轿下享得平静
他日以活水自饮
那永不虞枯竭的灵泉，人人
皆可接受它的邀请
从中领饮！
而我们却仓皇奔走
只为寻找混浊的泥浆
或者惑人的池塘
那里水源时恐干涸。

多美啊！杰罗姆，多美！你真和我一样觉得它美吗？我的版本上有条小注，说当曼德农夫人听见奥玛尔小姐唱这首赞美歌时，大为激赏，“掉下一些眼泪”，要她把其中的一部分再唱一遍。现在我把它背熟了，总是不倦。我唯一遗憾的，就是没有听过你朗诵它。

我们那对去旅行的夫妇消息依然很好。你早已知道朱丽叶如何畅游巴约讷和比亚里茨，虽然天气热得可怕。后来他们又去方塔拉比亚，在布尔戈斯小住，并两度跨越比利牛斯山……她从蒙塞拉寄给我一封满是激动之情的信。他们还想在巴塞罗那多住十天，然后才回尼姆，爱德华预备九月以前赶到那里，好准备采收葡萄。

父亲和我已经在奉格司麦住了一个星期，阿绪拜尔敦小姐明天就要回来了，罗伯会在四天之内到达。你知道那个可怜的孩子考试没通过，并不是考得难，而是主考官出给他的题目太特别，把他搞晕了：照你信上提到他很用功的说法来看，我相信他不至于没有好好预备，只是那位主考先生似乎太喜欢难倒学生了。

至于你的成功，好朋友，我没有什么祝贺你的话，因为在我看来那是再自然不过的事了。我是这样信任你，杰罗姆！一想到你，我心里就充满了希望。你能从现在起就开始你所提到的工作吗？

……花园里一切如旧，可是房子却显得很空旷！你会明白吧，我请求你今年不要来的原因，是不是？我觉得这样比较好：我天天再三对自己说，因为这么久不见你是很难受的……有时我不由自主地寻找你，我放下书本，猛然抬起头来……你就在那里！

我继续写信。夜已深了，大家都睡了，我还坐在敞开的窗前熬夜给你写信。花园里满是香气，天气暖和。你可记得我们小时候只要看见或听见很美的东西，我们就想到：感谢上帝创造了它……今夜，我用整个灵魂对自己说：谢谢上帝把夜晚创造得如此美妙！突然间我希望你在那里，感觉到你在那里——就在我身边。我渴望得如此强烈，你或许也感觉到了吧。

是的，你在信里说得好：赞美“在落落大方的灵魂中”总融有感激……我还有多少话要写给你啊！我幻想朱丽叶所说的那明媚的地方；我幻想另外许多地方，更广大、更明媚、更寂寥。一种奇异的信念栖息在我心中，想必有一日——但我不知道如何——我们将一同看见一个——啊，我也不知是哪一个——伟大神秘的地方！

自然，你们很容易想象我读这封信时是如何狂喜，如何流下了感动的眼泪。以后陆续又接到了许多信。不错，阿丽莎感谢我不去奉格司麦，不错，她请求我今年不要想去见她，可是她对我不在那里确也表示遗憾，她要我在那里：信纸的每一页都回响着同样的呼声。我要从哪里得到抵抗它的力量呢？显然有赖于阿培的劝告，也由于怕一下子毁去了我的欢乐，再加上我天生有一种刚毅能抗拒我的欲望。

随后又寄来了许多信，我把有关这篇故事的都记录下来。

亲爱的杰罗姆：

读你的信时，我的心在喜悦中融化了。我正要读你从奥尔维耶托写来的信，而从彼路司和阿西西写来的两封信又同时寄到了。我的心已经在远方旅行，只有我的躯体还留在这里，而实际上我是和你一起走在翁布里亚的路上。我和你一起在清晨出发，以清明的目光守望黎明……你真的在科尔托纳的高地上呼唤我吗？我听见了……在阿西西山中我们口渴得好厉害！方济各会修道士的水是多么甜美啊，我的朋友！我经由你来看每一件东西。我多么喜欢你所写的有关圣方济各的一切！不错，我们必须寻求的是思想的发扬，而不是解放。后者不过是可憎的傲慢。我们的野心不在反叛，而在服从。

尼姆的情形非常好，上帝允许我快乐起来。今夏唯一的阴影是我可怜的父亲的情况：不管我怎样照顾他，他还是郁郁不乐，或者不如说只要我一离开，他就陷入忧郁，现在他越来越不容易排解忧伤了。一切自然的欢乐在我们周围诉说的言语他已听不懂了，他甚至不再努力去了解它。阿绪拜尔敦小姐身体很好。我向他们俩朗读你的信，每封信够我们谈论三天，然后又来了新的信……

……罗伯前天离开我们去朋友R先生家度假。R先生的父亲管理一个模范农场。罗伯当然不十分喜欢我们这里的生活。他说要去R先生那里的时候，我只能鼓励他……

……我有许多话要对你说，我渴望谈话，无尽的谈话，有时候我想不出一句话，想不出一个明晰的观念——今晚我有如在梦中写信——只知道一种几乎叫人透不过气来的，一种无限富足的授与受的感觉。

那几个漫长的月份里我们是怎样沉默下来的？我们确实是蛰伏着。哦！愿那在沉静中度过的可怕的冬天永远过去！现在既然我重新找到了你，生命、思想、我们的灵魂，一切都显得很美，很可爱，无穷尽的丰富……

九月十二日

我已收到你从比萨寄来的信。我们这里的天气也极佳：我从没见过诺曼底这样美过。前天我独自在田野里信步绕了一大圈，回来的时候兴奋得不知疲倦，完全陶醉在阳光和喜悦里。禾堆在炽烈的阳光下多么美啊！我无法想象自己在意大利就可以发觉一切都令人赞叹。

不错，朋友，我从自然“交响的赞美歌”里听见、听懂的东西，就是劝我们喜悦。我在每一只鸟的歌声里听见它；我在每一缕花香里闻到它。我甚至认为赞赏是祷告的唯一形式——我随着圣方济各说了又说：上帝！上帝！“没有别的”，心里充满一种说不出的爱。

要怕我变得不好学了！最近我借着雨天读了许多书，好像把我的赞美转移到书上了。读完马勒朗士，立刻开始读莱布尼茨的《克拉克书简》。然后，为了放松，读雪莱的《钦契》，没什么乐趣；还读了《含羞草》。也许要让你生气了：我简直可以舍弃雪莱、拜伦的全部作品，而取我们去年夏天一块儿读的济慈的四首颂歌；我也愿舍雨果而取波德莱尔的几首十四行诗。"大诗人"这个名词没有什么意义，要紧的是做纯粹的诗人……啊，我的兄弟，谢谢你让我了解、喜爱这一切。

……不，因为再次相见的欢乐而将你的旅行缩短是不值得的。真的，这个时候，我们还是不见面比较好。相信我，当你留在我身边时，我就不能想念你了。我不是故意让你难过，不过我没有希望你……这个时候……在我身边。想知道我真实的想法吗？我要是知道你今晚会过来，一定会躲着你的。

哦！千万不要要求我跟你解释这种……感情，我求求你了。我唯一知道的是我时刻都在想念你（这下你能感受到足够的幸福了吧），这也让我觉得非常幸福。

收到这封信后没多久，我便从意大利归来应征去南锡服兵役。我在那儿一个朋友都没有，不过我一个人也挺好的，这样的话，我就可以让自豪的阿丽莎清晰地了解到她的信成为我独一无二的精神寄托，我对她的思念就像龙沙说的那样，是"我唯一的幸福"。

事实上，我们必须接受的那些训练非常严格，但我十分坚强又有耐心，以平常心来看待。我的抱怨只出现在写给阿丽莎的信中，只是对我们不能相见这件事情诉苦。我们甚至觉得这种长期的分离是对我们勇气的一种考验。“你从来不会埋怨的。”阿丽莎信里这样说，“在我的想象中，你从不灰心……”为了不让她失望，我有什么理由不能忍受这些呢?

离我们最后一次见面差不多有一年时间了。她好像对此毫无察觉，好像是从现在才开始等待似的。因为这样，我责怪了她。

我们不是都在意大利吗？（她回答我）负心的人！我从没有离开过你一天。只是从现在开始，暂时有一段时间我不能和你在一起了，只有这个时候，才叫分开。说真的，我努力去想象你成为军人后是什么样子……但始终没有答案。最多只能想象出你在甘必大大街的那个小房间里阅读和写作的样子……不，我连这也想不出来。其实，只有等到一年以后，在勒阿弗尔或奉格司麦我才能与你再次相逢。

一年，过去的那些日子我不想再去计算：我把全部的希望寄托在未来的那个时间点，一个正在慢慢向我靠近的时间点。能记起花园深处那道矮墙吗？墙脚边菊花盛开，我们一起爬到墙头玩儿，朱丽叶和你勇敢地在前面走着。而我走几步后就头晕，你在那边冲我喊着：“别盯着脚走！要望着前面！朝着一个方向！盯着目标。”最后，你终于——这可比你说的那些话管用多了——到对面那边等着我。于是我一点儿也不抖了，也没有头晕的感觉，其他的都顾不上，眼里只有你：我奔向你张开的双臂……

如果不能信任你，杰罗姆，我会是什么样子？我需要依靠你，你是最坚强的，不要软弱。

我们随意将这种等待延长，用这种方式来挑战自己，同时也有些担心它会不如想象的圆满。我们约好了要去巴黎阿绪拜尔敦小姐那儿度过我的那几天年假。

我前面就说了，我不会抄录全部的信件。下面是一封二月中旬收到的信。

真激动啊！前天路过巴黎时，居然看见阿培的那本书摆在M店橱窗的醒目位置。你告诉过我这本书早已出版，我直到现在亲眼看见才相信。我不自觉地走了进去，但是那书名也够荒唐的，我犹豫着该不该买，都不好意思向店员说要买这本书，甚至就想着随便挑一本其他的书算了。幸运的是排队结账的柜台旁也堆放着《轻佻》，我顺手拿了一本，丢了一百苏，一句话也不说就走了。

阿培没送一本他的书给我，我实在太感激了！我在看这本书的时候觉得真难为情，不是因为书的内容怎么样——我反而觉得书里面的一些蠢话比那些猥琐的话还——我为你感到难堪，因为阿培·服提叶和你是朋友。我从头读到尾，也没有看见“时报”的书评家说的那种“如此伟大的天分”。在勒阿弗尔，在这个常议论阿培的小圈子范围内，我听说他的这本书取得了成功。我还听到一些人用“轻松”“潇洒”这类词语来形容他那无可救药的愚蠢，我当然是谨慎地保留意见，只有你一个人知道我曾读过他的书。服提叶牧师更可怜，最开始他理所当然地不认可这本书，到现在他怀疑起自己来，努力地找出是不是自己更有理由为此而感到自豪——身边的人都无时无刻不这样提醒他。昨天，V夫人在朴朗提叶姑母家突然对他说道：“牧师先生，你的儿子出名了，你高兴得很吧！”他有些不好意思地说：“啊！还没有呢……”“你一定会高兴的！肯定的！”姑母这样说，没有丝毫的恶意，不过那种鼓励他高兴的话语，让大家都呵呵笑了起来，他自己也笑了。

我听说《新阿伯拉》在林荫大道的一家戏院快要上演了，那个时候不知道又会发生什么事情，报纸上早宣传了。可怜的阿培！这种成功真的就是他自己所想要的和满足的吗？

我昨天读到《内在的安慰》里有这样几句话：“凡是真正希望有真实且永久荣耀的人，就不会只顾着世俗的光荣，凡是心底里将世俗的光荣看重的人；就不会热爱天堂的荣耀。”真感谢上帝将杰罗姆定义为天堂的荣耀；相比之下，这是另外那种世俗的光荣没办法比较的。

日复一日，月复一月，平淡单调的日子流逝而去。不过，我一直将思绪寄托在回忆或愿望上，也不觉得时间过得太慢，或日子太长，阿丽莎和我的舅父原本定在六月去尼姆附近看朱丽叶，正好那时她的孩子要出生。不过他们匆匆提前动身了，因为传来一些消息说她身体有些不舒服。

阿丽莎的信中这样说道：

我们走后，你去勒阿弗尔的最后那封信才寄到。不知是什么原因，信过了一周的时间我才拿到。信整整晚到了一周，我当时失魂落魄，情绪低落，毫无生气。啊！兄弟，当和你在一起的时候那才是真实的我，甚至超越那个真实的我……

朱丽叶身体又恢复了，我们天天就是在等她分娩，也没什么特别的情况。她知道我今天上午与你通信。后来我们到了爱格维孚，到达的第二天，她问：“杰罗姆怎么样了呢？他还与你常通信吗？……”我只能对她实话实说。“你在给他写信的时候顺便告诉他……”她犹豫了一会儿，然后带着会心的微笑说道，“……我康复了。”她在信里面一直都显得很愉快，我担心她是故意扮演着一个幸福的角色来欺骗自己。今天她这些所谓幸福的时光，与她以前想象的生活截然不同，她的幸福依托的东西又是这么不一样！那些“幸福”与心灵深处的东西紧密联系起来，构成幸福的外在因素根本不足挂齿！在荒原中独自前行时的心情，此时我不想再告诉你了，最让我觉得意外的是，我不能感受到欢快的情绪。照理来说朱丽叶的幸福应该能让我觉得满足……不过我却莫名地陷入一种忧思，忧郁的情绪挥之不去，为什么它会始终缠绕着我？我虽然感受到了那儿景色的美丽，也从心里欣赏这种美，但是却越发增添了我的忧愁感……你的信来自意大利，那时我看见的一切东西都是通过你；而现在我独自看见的这一切东西，都是背着你进行的。在奉格司麦和勒阿弗尔我练就了一种对付下雨天的本事；但是到这儿来以后，这种本事没地方发挥，让我有些犯愁。

当地人显示出的欢乐也让我觉得恼火；可能只是我那种“忧郁”和他们的喧闹格格不入。很明显，我从前的欢乐中应该是带着几分自豪的，但是现在，在这种陌生的环境感受这种陌生的快乐，我反而觉得受到了屈辱。

自从来这儿后，做祷告对我来说都变得很困难，在我心中似乎涌起了一股孩子气，好像上帝不在原来的那个地方了。再见啦，我要马上结束这些话语了。我说了这种亵渎神明的话实在惭愧，我的软弱、我的忧郁，统统都让我惭愧至极。我把这些话对你讲出来，写给你，都让我觉得惭愧！明天，我就将它毁掉，如果今晚邮差没有来取信的话……

接下来那一封信说的是外甥女的出生，小宝宝的教母就是阿丽莎，朱丽叶和舅父都十分高兴。对于她个人的感情却只字未提。

后来又有一封信是来自奉格司麦的，七月份的时候朱丽叶就要去那边看她。

爱德华和朱丽叶今天早上走了。小外甥女让我特别的不舍，我再见她时就得是半年后了，她的动作和姿态会变得陌生，以前她学习的每一个动作我都是亲眼看见的。人的成长真是既神秘又惊喜，我们相互间不觉得惊讶是因为我们没有密切地关注彼此。我在这个希望诞生的小摇篮边度过了许多美好的时光。人的生长在离开上帝还很远的地方就已经停止了，这么快的故步自封是怎样的自私、自满和不上进呢？噢，要是我们也愿意离上帝更近一点儿……那是多么令人兴奋的事情啊！

朱丽叶的生活好像非常幸福。最开始的时候我看见她放弃了钢琴、抛掉了书本，觉得非常可惜，因为爱德华·台西埃对音乐和阅读都不感兴趣。爱德华是没办法与她的兴趣相容的。所以，其实朱丽叶放弃的决定是对的。相反，她却对丈夫工作上的事情产生了兴趣，他让她了解业务上的事情。他们今年的事业开展得很红火，他开玩笑说是结婚带来的好运气，他在勒阿弗尔遇到了一位“大主顾”。上次出差，是罗伯和他一起去的。爱德华很照顾他，还自称了解他的个性，说他很适合这个工作，一定能胜任。

父亲的身体好转了很多，因为女儿过得幸福，他也变得年轻了许多，开始重新打理农场和花园。以前，我们与阿绪拜尔敦小姐一起阅读过一本书，后来因为台西埃一家的来访而中断，刚才他又叫我再次恢复阅读这本书。那是一本许伯内男爵写的旅行游记，我对这本书也很感兴趣。现在我阅读的时间很充足了，不过更需要你的指点，今天早上我翻了好几本，都没发现一本好书！

此后，阿丽莎信里的态度变得很奇怪，显得更迫切。

怕你会担心，我没有告诉你我是多么希望你能过来（她夏末的信中说道），在与你重逢前每天的日子都让人觉得难熬。还要等上两个月的时间，这似乎比我们分别后度过的这段时间加起来还要长！等待是寂寞的，为此我想了很多事情来打发这种时光，但似乎都是一些可笑的事，没有什么意思，我做什么事情都不能静下心来。读书变得没有意义，毫无魅力，散步也没有意思，自然的景色也黯淡无光，园子没有生气，花香也消失。在军营里，你还可以做操练，这让我很羡慕，因为这会强迫你毫无选择地去劳累。这样你就没有时间考虑自己，疲惫的生活会让你的日子过得飞快，晚上，因为太辛苦了，立马就能进入梦乡。我心里一直在念想着你的信中描述演习的那些场景。这几天一直睡不好，有好几次梦中被起床号突然惊醒：我确实听到了军号的声音。我能想象得到你信中描述的那种轻快，早晨起床后的睡梦与清醒的交叠状态……马尔泽维尔的高原在黎明寒冷的日照中，会多么美啊！

我最近身体不太舒服。噢，这不是什么大事，我想应该是太想你了。

六周后：

这将是我写给你的最后一封信，我的朋友。虽然你回来的时间还没有完全定下来，但应该也不远了，我就不再给你写信了。我本来打算在奉格司麦与你相见，但没办法，天气突然变得很差，很寒冷，父亲一直在说要回到城里去。朱丽叶和罗伯现在都没有与我们一起住，你要是住在这里也很方便，不过你去菲丽歇姑母那边住也很好，她是很乐意接待你的。

重逢的日子渐渐临近，我更迫切地希望见到你了，似乎带着些敬畏的心情。我是那么热切地希望你能来，现在居然又对你的到来感到害怕了。我努力不去想象，但是，我仍想象着听到你按门铃的声音，你上楼时的脚步声，我的心跳就快停止了，而且很难受……这个时候你不要希望我还能和你说些什么……我感到我的过去将在此时此刻终结，我的未来也会消失无踪，生命完全停滞了……

过了四天，也就是我退役的前一周，还是收到了一封短信：

亲爱的朋友，你不想在勒阿弗尔多加逗留，这点我完全赞同，我们首次的重聚不能把时间拖得太长了。在信中，我们难道还有什么话没有说过吗？所以，如果你必须在二十八日到巴黎报到，就不要犹豫了，也不要因为我们只有短短两天的相聚时光而感到惋惜。我们以后不是还有一辈子的时间吗？

6

我们初次重逢的地方是在朴朗提叶姨母家里。忽然间我发现服兵役让我变得迟钝和呆板了……后来我回想起来，她也一定感觉到了我的变化。可是重逢时那种虚假的印象对我们又有多么重要呢？对于我来说，我害怕会认不出她来，开始都不敢正眼瞧她。不过，大家都太殷勤了，一定要把我们当成未婚夫妇来看待，刻意提供机会让我们单独在一起，这让我有些手足无措。

“不过，姨母，你在这儿对我们一点儿影响也没有呀，我们又不用说什么悄悄话。”阿丽莎大声地解释起来，她看到这位老太太故意地躲躲闪闪实在有些难为情。

“怎么会！才不是呢，孩子们啊！你们不说我都知道，年轻人都是这样，这么久没见面了，总会有一些小心事要互相谈谈的……”

“姑母，求你了，你留下吧，你如果要走，我就真的不高兴了。”阿丽莎说这话的时候带着些责备的语气，我都认不出她的声音了。

“姨母，我说句实话，要是你走开，我们就什么话也不说了，真的。”我接着说，笑了笑，要是只有我们两个在这里，我也同样觉得有些害怕。于是我们三个人一起继续聊下去，表面上高高兴兴的，其实谈话内容有些无聊，都装作高兴又兴奋的样子，其实每个人心里都知道这样的聊天有些尴尬。第二天，我们还要相见，因为舅父邀请我去他家吃午饭，对于第一晚的分开我们一点儿也没有觉得不舍，反倒为这场闹剧的结束而感到庆幸。

我提前到了，离吃饭还有很长时间，不过，当时阿丽莎一直在和一位女友聊天。她不好意思说明，那位女友也没有主动离开的意思。最后，那位女友终于走了，我故意装作惊讶地问阿丽莎为什么没有留女友共进午餐。我们两个都是一夜未眠，显得十分疲惫又有些精神紧张。舅父进来了，我觉得他老了不少。他有些耳背，听不清我的话，我要很大声地说他才能听明白，这样我就得傻乎乎地大声喊叫才行。

吃完午饭，朴朗提叶姨母已经事先安排好马车过来接我们回去。她刻意只把我们载到奥尔舍，然后让我和阿丽莎走过去，欣赏那一路上的美景，度过一段美好的时光。

天气已经热了起来，和这个季节不太适宜。我们一路走过的那段路被太阳直射着，寡然无趣，树木都光秃秃的，根本没办法带给我们半点儿阴凉。我们都特别想快步赶到姨母停马车的地方，她正在那儿等我们，所以我们急急忙忙地走着。我的头很痛，也实在顾不上想些什么。为了看起来好一点儿，或者这样做可以比说话有效，我走的时候牵着阿丽莎的手，她也任由我牵着。因为走得很快有些气喘，再加上那尴尬的气氛，所以我们面红耳赤。我似乎听到自己太阳穴跳动的声音，阿丽莎也脸色绯红。过了一会儿，我们牵着的手湿漉漉的，似乎都有些不自在，我便自然地把手松开，两只手就孤单地分开了。

我们走得太急了，老早就到了十字路口，这时马车还没有过来。姨母的马车走的是另一条道，而且是慢慢行驶的，看来姨母是想给我们多一些时间交流。在旁边的堤岸上，我们坐下来等着，突然一阵凉风吹来，因为刚出了一身汗，我们打了个寒噤。后来一想，还是站起来去接马车会好一些。最糟的是，可怜的姨母以为我们刚刚已经聊得差不多了，关心地问我们订婚的事情。

阿丽莎难受极了，脸上满是泪珠，假装说是头痛。于是，我们一路沉默地驶回家。

第二天，我一醒来就觉得腰酸背痛，好像得了伤风，很难受，到了下午才勉强可以去比柯伦家。不巧，阿丽莎并非独处。跟她在一起的还有菲丽歇姨母的孙女玛丽兰·朴朗提叶——阿丽莎很喜欢和她聊天，这我是知道的。她现在暂住在她祖母家里。她看见我进来了就叫道：

“要是你待会儿回坡头，就叫我一起走吧。”

我机械地点点头，这下子我就不可能和阿丽莎独处了。不过这个活泼的女孩子在旁边对我们也有好处，这样就不会出现昨天那种尴尬的局面了。我们三个人交谈得轻松自然，根本没有之前我担心的那么无趣。道别的时候，阿丽莎奇怪地微笑着，我想是不是在这个时候她才明白我第二天就要离开的事情。不过，不久后我就会回来，所以，这样的期待将离别的悲伤一扫而空。

可晚饭以后，我隐约感到一丝不安，我到城里漫无目的地逛了一个钟头，最后下决心敲开比柯伦家的门。是舅父来开的门，阿丽莎身体有些不适，已经回房间休息了，应该是睡觉了。我跟舅父聊了几句，就起身告别了。

事情一再地不顺利，不论怎么恼火，怎么埋怨也是徒劳。就算事情都如愿，我们自己也会觉得尴尬。最让我难过的是阿丽莎竟然也察觉到了这一点。回到巴黎后我就接到了这样一封信：

我的朋友，这次相见多么的失败啊！你觉得这都是别人的错，但恐怕你自己也不相信。现在我知道了，以后可能永远都会是这样。啊，求求你，我们不要再见面了！

我们的话题有那么多，但是怎么会那么拘束，那么尴尬，那么无助，那么沉默无语呢？第一天你回来时，我还对这种沉默感到高兴，因为我觉得沉默只是一时的，你一定会告诉我许多有趣的事情：在告诉我之前你是不会走的。

在奥尔舍，我们那次沉闷的散步是多么失败，尤其当我们的手绝望地分开时，我已经伤心欲绝了。其实，让我最难过的事情不是你主动放开了我的那只手，而是在我的心里，当时要是你没有放开，我也会将手放开了，因为这只手握在你的手中也感觉不到幸福了。

昨天是第三天，我痴痴地等了你一个早上，以至于都没办法留在家里等你了，于是就留了一张字条，让你到堤上那个地方去见我。我望着波涛汹涌的大海，独自在那儿待了好久，因为身边没有你和我一起，真是太难受了。我自己回来的时候，猜想你可能在房间里等我也说不定。我下午是没有空的，前天的时候，玛丽兰就说要过来找我，我想你早上会来的，所以就没有拒绝她。也是因为她在场的缘故，那是我们唯一的快乐时光。有那么一刻，我想象出一个奇怪的场景，感觉到这种自由自在的聊天会持续很长很长的时间……当你走到沙发前对我们俯身说“再见”时，我一句话也说不出来了。我感到一切都完了，突然，我知道你得走了。

你和玛丽兰一出门，我就觉得无法容忍，太受不了了。你不知道，我追了出去！我还有话没跟你说，还有很多的话，我朝着朴朗提叶家奔过去……太晚了，我的时间不多，我不敢……我又返回来，已经绝望了，回来给你写——不想再给你写信——一封告别信……因为我真实地感受到我们的通信原来只是做了一场梦，我们一样，唉！都是把信写给自己看的，而……杰罗姆！杰罗姆啊！我们两个人相隔得如此遥远！

是的，那封信被我撕了；现在，我将它重写一遍，内容与那封信差不多是一样的。哦！我对你的这种感情和以前一样，我的朋友，不仅如此，我可以感到我自己的惶恐，当你靠近我身边的时候，我清楚地知道我是爱你的，深爱你，在这之前我并没有察觉；可又是那么的绝望，因为，我必须要告诉你：你在远方的时候，我爱你更深。我早就料到会是这样，唉！我们期待许久的会面将这个事实带到了我身边，朋友，你也得接受这个事实。再见，愿上帝保佑你，指引你，我亲爱的兄弟，只有上帝，才能让我们纯洁地靠近。

就好像这封信给我带来的痛苦还不够似的，她第二天在信的最后又加了一段文字：

在送出这封信之前，我想请求你能谨慎处理有关我们两个人的事情。你让我伤心了好几次，我们两人的私事你都告诉了朱丽叶及阿培，从这一点上我觉得——其实是在我怀疑的很久以前——你的爱情是理性的爱，既温情又忠诚，那是一种智慧且美丽的执着。

她加上最后这几行句子的意思是担心我会将这封信拿给阿培看。是什么事情使她变得多疑且防备？难道是她在之前我写的书信当中察觉到什么蛛丝马迹了吗？觉得其中有朋友对我提了建议？

其实我感到和阿培已经疏远了许多！我们选择了两条不同的道

路。她这样再三地嘱咐我其实真的没有多少必要，费心地劝我自己承担起这种痛楚是多余的。

在接下来三天时间里，我一直萎靡不振。我想念着阿丽莎，又害怕因为去辩驳一些什么而把关系弄得太紧张，或者在措辞上出现失误，那我们之间的裂痕就会越发不可愈合了。在这封信里，我的爱情苦苦挣扎着，希望获得一丝宽恕，我写了又改，足足写了二十次。就算到今天，当我再次拿起这张洒满泪水的信笺时，仍会落泪，下面就是我最后决定寄出的信件。

阿丽莎，我们是两个可怜的人儿啊！你信上所说的话深深地刺伤我的心。我多么想用微笑来回应你信中的顾虑！是的，你信中所说的我都能感觉到，但我是那么害怕去承认这些。原本这些都是在头脑中想象的事情，你使它成为残酷的现实，在你把它说出来的时候又增加了我们之间的隔阂。

如果你感到你对我的爱没有以前那么多了……啊，虽然你在信中一直否认这个可怕的假设！可是，这如果只是你一时间的迷惑，那难道不是无关紧要的吗？阿丽莎，我只要想象在你面前辩解的时候，我就变得词穷了，只剩下我的内心在哀号着。我深深地爱着你，所以变得口拙，我越是爱你，越不知道怎么表达。"理智的爱"……我能对此说些什么呢？我爱你是全身心地投入着，用什么方法我才能分得清是理智或者别的什么呢？你说是我们的通信让你觉得受到了巨大的责难。既然我们写的信让我们彼此进入了一个幻想的境界，之后又跌入残酷的现实，我们都因此而受到了伤害，既然在你看来你的信其实是写给自己的，那么像你最后这封信一样我真的无法忍受了，我求你了，我们之间暂时不要再写信了吧。

这封信后面的部分，我对她的看法提出了意见，我控诉，苦苦哀求她再给我一次见面的机会。上次所有的事情都那么不顺心：地点、人物、时间，甚至写信的时候过于兴奋，还没有心理准备。下次我们见面之前只能安静地等待。我希望能在春天，在奉格司麦见到她，在复活节时我的舅父一定会愉快地接待我的，要住几天由她来决定。

我已经下定决心，将信投递出去后，马上就全心地投入工作了。

不过，年底前我和阿丽莎还是见面了。最近这几个月，阿绪拜尔敦小姐的身体慢慢虚弱了，她去世的时候离圣诞节还有四天。我退役回来后，一直和她住在一个房子里。我一直陪着她，很少离开，陪她度过了仅有的时光。有一张明信片是阿丽莎寄来的，她告诉我，她把我们之间约定的沉默看得很重，甚至比丧事还要重要。她没过多久就到了，因为舅父不能亲自过来，所以她来送葬。

好像只有两个人——就是她和我——参加葬礼，然后一起护送灵柩。我和她并排而行，偶尔说几句。在教堂的时候，她就坐在我旁边，我感觉到她温柔的眼神有好几次都在默默地注视着我。

“我们约好了，”她要走的时候和我说了一句，“复活节之前我们保持沉默。”

“是的，可是到复活节的时候……”

“我等你。”

在墓园入口处我们一起站着。我想把她送到车站，可她一招手，过来了一辆马车，她连一声“再见”也没说就离开了。

7

四月底的一天，我来到奉格司麦，舅父慈爱地拥抱了我，对我说：“阿丽莎在园子里等你。”虽然不是她自己出来迎接我的，我有一点点失望，但过了一会儿我倒是感激她没有出来，这免去了那些见面时的寒暄。

她在花园的最里面，我一步步走向阶梯，那儿的灌木丛四处环绕着，在这个时节都开花了，有紫丁香、棠球、金雀、魏吉丽亚等。我不想一下子就找到她，也怕她一下子就看见我，我走的是花园的另外一侧的林荫小道。走在树荫底下我感觉空气很清凉，我轻轻地往深处走去；我的喜悦就像此时的天空一样——如此的温暖、明亮、清澈而纯净。她猜我应该会从另外那边过来，我靠近她的时候，直到走到了她背后她也没有发现我；我停下脚步，时间在此刻也与我一同驻足。我心里想道：这个瞬间，我觉得幸福万分！在幸福即将到来前的这一刻，连幸福本身都远远比不上……

我想跪倒在她的石榴裙下，刚往前一步，就被她发现了。她突然起身，握在手中的绣活儿掉在了地上，她向我张开双臂，将手放到我双肩上。两个人就这样默默地站着好一会儿，她胳膊伸直着，脸上挂着微笑，微微靠着我，眼神温柔地望着我却没有任何语言。她身着白衣，在她那有些过于庄重的面庞上，我找到了她久违的童年的笑容。

“阿丽莎，你听我说，”我立即大声喊道，“我的假期有十二天。你什么时候让我离开，我就什么时候走，绝不在这儿多待。我们约定一个暗号来表示‘明天你就必须要离开奉格司麦’。我只要看到这个暗号第二天就走，绝不反悔，也不埋怨。你同意吗？”

这些话我都是即兴发挥，之前并没有准备，因此反而不觉得紧张。她考虑了一下，然后回应道：

“如果有一天晚上，我下楼吃晚饭时，你没有看见我脖子上戴着你最爱的那副紫水晶十字架……你明白了吗？”

“那就表示那个晚上是我们一起度过的最后一晚。”

“但是你走时，”她又说，“不能流泪，也不能叹气……”

“而且也不说再见，就默默地离开，就像以前那个晚上一样，安静地离开，开始你还会想‘他明白我的意思吗？’第二天早上你找我的时候会发现我已经离去了，安安静静地，我悄然离去了。”

“第二天我不会再去找你的。”

她向我伸出手来，我将她的手移到唇边：

“从此刻到最后的时光，”我又说，“请不要给我一点点暗示，也不要让我感觉到。”

“你也一样，不要对分别做出一些暗示来。”

这样的会面太过于严肃，眼看着我们又要陷入尴尬了，现在必须要将它打破。

“我非常愿意。”我继续说，“我们一起度过的这些日子与平常是相似的……我想说，我们不要让这些日子成为特别的什么时光，而且……我们开始的时候不要一直想着找些话题来聊……”

她呵呵地笑起来。我则补充说：“我们可以一起完成一件事情吗？”

我们小的时候对园艺就很感兴趣。不久前，原来的园丁走了，来了一个经验不足的新园丁，所以园子有两个月没有人修整了，还有很多地方需要整理。那些玫瑰有的没有修剪好，茂盛的那些被枯树缠住了，有些直接往地上长，支架没有支好；还有些多余的枝叶抢了养分。这里的玫瑰差不多都是我们嫁接的，我们自然认得自己种的东西。整理这些就用了很长一段时间，就因为这样，我们前面三天说了很多，但都是一些无关紧要的事，即使在沉默的时候，也没有压迫感。

就这样，我们的相处又变得熟悉了。我感觉到这种熟悉比任何语言的解释来得更实在，我们对分离这件事情好像也都忘记了。我以前能感觉得到她心底的不安和恐惧，她害怕我心灵深处的那种畏缩，目前也开始渐渐消失了。和那次我在秋天的失败拜访相比，阿丽莎年轻了不少，这种美丽的神态我从未见过。我现在还没有吻过她。每天晚上都能看见她胸前用金链子穿着的那副紫水晶十字架闪闪发亮。就像一颗相信的种子在慢慢萌芽——我说，这是“希望”吗？不，这是一种肯定的意义，我想在阿丽莎心中也是一样的感受。我对自己的怀疑消除了，也不会再去怀疑她什么。我们说的话题也渐渐大胆起来。

“阿丽莎，”有一天清晨，阳光明媚，我们的心情也和花儿一样绽放着，我对她说，“现在，幸福已经降临到朱丽叶身上了，那我们也……”

我一边慢慢地诉说着，一边看着她的反应；她的脸色突然变了，我也没有把话说完的勇气了。

“我的朋友，”她说，但是眼睛没有直视我，“有你在身边，我很幸福，比想象中还要幸福得多……但是相信我，我们生来就不是为了追求幸福的。”

“不是追求幸福，那么灵魂要追求什么呢？”我迫切地喊道。

她低声说："圣洁……"声音异常低沉，与其说是我听到的，不知说是我猜到的。

我一生的幸福就这样扑扑翅膀飞向天空，离我而去了。

"没有你，我真的不行。"我说。我像小孩子一样把头埋在她的膝上，哭着——这是因为我有爱，而不是悲伤——我一次次地重复着："没有你不行，真的不行！"

这一天和之前一样度过了。可是晚上的时候，她脖子上那副紫水晶十字架消失了。我遵守诺言，第二天清晨，我就离开了。

一天后，我收到一封奇怪的信，它用莎士比亚的这几行诗来作为题词：

又是那音乐，那一直萦绕的音乐
它从我耳畔飘过，啊，就如甜蜜的微风
呼吸满坡的紫罗兰
偷香与送香。够了，勿徘徊在我身边
此刻音乐远不如从前般甜蜜了……

哦，我的朋友，我不自觉地整个早晨都在找你，我还是不相信你真的走了。我遵守了我们之间的约定，但我对此充满怨恨。我想这是你在和我开玩笑。在那些灌木后面，我每次都期盼着会出现你的身影——可是没有！你的确已经离开了。谢谢。

那一整天，我的心里一直装着这件事情，我想告诉你，有一种怪异却明确的恐惧围绕着我，如果我没有告诉你的话，以后我会愧对于你，受到你的谴责……

你刚到奉格司麦的时候，我先是惊讶，然后有一阵不安袭来——在你身边我的灵魂能获得如此不可思议的满足，这让我太不安了。“这种满足那么强烈，”你告诉我，“我对其他都不再有期待了！”唉！这个就是我不安的源头……

亲爱的朋友，我担心你没能理解我的意思。我最担心的就是你将我几近泛滥的感情看成是一种微妙的暗示。（啊，那肯定是非常错误的暗示！）

“幸福倘若不能让人满足，那就不是真正的幸福。”你曾这样告诉过我。还记得吗，我那个时候无法回答你。不，杰罗姆，幸福无法满足我们。杰罗姆，幸福也不应该就这样满足我们。现在事事顺心，愉快幸福不是我们真正的满足。记得去年秋天时，这种满足其实隐藏着酸甜苦辣！

真正的满足！啊！上帝保佑，我们不应该将这视为真正的满足吧！我们生来是为了追求另一种幸福的……

正是我们之前的那些信件让秋天的那次见面成了一次糟糕的相会，回想起来你昨天人还在这个地方，今天写信就觉得一点儿意思也没有了。我以前给你写信时的那种快乐不知道跑到哪儿去了？正是因为我们互相通信，又见面了，这种方式将我们的爱情中原本应该存在的喜悦与乐趣都消磨掉了。现在，我只能不由自主地像《第十二夜》里的奥西诺那样悲叹道：“够了！不要这样徘徊在我身边，过去那种甜蜜已经一去不复返了。”

再见了，亲爱的朋友。把你的爱献给上帝吧！你能否知道我是多么爱你……我是你的，永远都是。

阿丽莎

美德铸造的陷阱，总是让我无法招架。一切英雄主义吸引着我，让我眩晕——我没办法将它与爱情分离开来。阿丽莎给我的信让我沉醉于这种冒失的热切心情之中。上帝知道，就单单是为了她，我都要去追寻那美德。不管是一条什么小路，只要是向上的，总会指引我与她会合。山路蜿蜒着，再小也不会小到只能容得下我们两人！啊！但她的招数太高明了，真出是乎意料，她到了顶端后又借着只能容得下一个人的理由而再次离开我。

我给她回复了一封很长的信。其中我还能记得的是一段很有见地的话。我对她说：

我常感觉到，我全身上下最好的一部分就是我的爱情。我一切的美德都与它相关，它让我升华，让我超越自我，没有了爱情的我就如同一个平凡庸俗的人。我希望能追上你的脚步，正因为这样我才把那些险峻的小路也看成是最平坦的大道。

我忘记自己接下来说了些什么内容，导致她给我回复了这样一段话：

但是，亲爱的朋友，圣洁并非是一种选择，它是一种义务（她将这两个字用笔画了三道线）。要是你果真是我所相信的那样一个人，这项义务也是无法避免的。

就是这样。我知道，或者应该是我预感到了，我们之间的通信就快到尾声了，这样的劝告很直白，不管多么坚定的想法也没有办法改变她了。

不过我还是给她回了一封情意绵绵的长信。我发出第三封信后，就收到了一封来自她的短信。

我的朋友：

不要认为我已经下了狠心不再给你写信，其实，我只是对于和你通信的兴趣不如之前那么大了。读你的来信我还是很高兴的，不过我越来越觉得是我把你的相思挑起来的，这让我开始责备自己。

夏天快到了。我觉得我们的通信可以暂时中断一阵子，再过一段时间。九月下旬的时候，你到奉格司麦来和我一起过吧,好吗？如果你答应了，就不用再回复我了。你不回复我就默认你同意了，我希望你不要回复我才好。

我没有回复她。我知道这样的沉默就是她对我最后的考验。于是我工作了几个月，又四处旅行了几个星期，当我来到奉格司麦，我的心情是非常平静而安详的。

我怎么用简单的叙述就能让其他人马上了解那些我自己一开始也无法弄清楚的事情呢？我能说些什么？只知道从那个时候开始我就已经陷入了悲苦的境遇？即使现在看来我是不能饶恕的，在那些装模作样的表面下，爱情还是在跳动着，但是我当时却没有透过那表象去发现它。因此当我的女朋友消失了的时候，我就开始责备她。不，不管是在什么时候我也不会责备你的，阿丽莎！那种绝望让我发誓自己再也不认识你了。不过这个时候从你那沉默的计策及残酷的手段中我发现了爱情神奇的力量。你越是折磨得我死去活来，我就越会加倍地爱你！

轻视，冷漠，那都不是，那些东西不是我能克服的，也不是我可以抵御的。我有时也会犹豫，怀疑自己，难道我是自寻烦恼，既然我的烦恼是这么微妙，连阿丽莎也装作不知道的样子，那么我有什么理由再去埋怨呢？她迎接我时如此殷勤，如此亲切，她笑容可掬的样子是我以前从来没有见过的。我第一天看见她的时候蒙了。她换了个新发型，头发往后平梳着，这样她的面部线条显得十分僵硬，没有了原来那种生动的表情；上衣也不太合身，颜色灰暗，质地粗糙，将她身材的优美曲线掩盖起来……这又有什么关系？我自顾自地想着，可能明天她就自己换过来了，或者在我的要求下换过来了……让我觉得难受的是那种亲切，不自然的殷勤，我们之间以前都根本没有过的，我觉得这些都是刻意表现出来的，更让人害怕的是——虽然我不敢确定——这是一种客气而不是真感情。

晚上，我来到餐厅的时候，看见之前放钢琴的位置空着。我感到惊讶，失望地叫了一声，阿丽莎不带任何感情色彩地回答说：

“钢琴刚拿去修理了。”

“我已经跟你说过几次了，孩子。”舅父有些责备地说道，“其实钢琴能用到现在，再用几天也没有问题，怎么不等杰罗姆回去后再送去修理呢？你就是性急，让我们少了这么一个乐趣……”

“不过，父亲，”她涨红的脸蛋转过去，“就是这几天，钢琴声嘶哑得厉害，杰罗姆来了也是一样不能弹了。”

“你弹的时候，”舅父说道，“我怎么没觉得有多坏。”

她停住了一阵子，俯身看暗处，好像在用心测着椅套的尺寸一样，然后突然朝房间外走去，回来的时候已经过了许久，她手上端着个托盘，上面是舅父晚上需要服用的煎药。

第二天，她的发型和上衣照旧，她靠着父亲坐在房前的长椅上又忙活起昨天的针线活来，补衣服什么的。她身边的长椅上，要不就是桌上一直放着一个大筐子，里面全都是旧的袜子什么的。她在那里翻来翻去。几天后，里面又换成了餐巾、被单什么的……她全神贯注地完成这项工作，嘴唇显得毫无血色，眼睛里的光彩也全都消失了。

第一天晚上，我对她叫道："阿丽莎！"我发现她脸上毫无生气，简直被吓到了，几乎都快认不出她来了。我凝视了她好一阵子，她似乎没有在意我这样的目光。

"怎么了？"她把头缓缓抬起来。

"我想知道你能不能听见我在说话。你好像心里在想别的事情，心思不在这里。"

"不，我还在。因为缝补东西太伤神了。"

"那么缝补的时候，能听我说话吗？"

"我可能没办法兼顾。"

"你为什么要费心地做这种事情？"

"这事儿也得有人做啊。"

"在外面有那么多穷女人以此为生。难道你要省钱，所以要自己去做这么费心的事情吗？"

她马上跟我说明，她对这件事情非常感兴趣，其他的事情都比不上。在很长一段时间她一直在做针织的工作，其他的事情可能她也不会做了。她边说边笑，说话的声音如此温柔、细腻，让我听得心碎。"我说这些都是很自然的事情。"她的表情好像在询问，"你怎么会这么难过呢？"——我内心的挣扎一直往上涌，就要将自己吞没，话到了嘴边却无法说出来——它们硬生生地将我的喉咙堵住了。

第三天，我们去采玫瑰花，她让我把一些玫瑰花送到她房间里面。今年我还没有去过她的房间。我心里突然升起了希望。刚刚我在干什么，埋怨自己为何要悲伤，现在她随意说一句话，我的心就被治愈了。

我每次进她的房间，总是怀着激动的心情。我分辨不出是因为什么而把这宁静雅致的氛围烘托出来，这个时候才展现出阿丽莎本来的面貌。窗子和床边都挂着蓝色的帘布，明亮的桃木家具，干净整齐，环境中的一切都告诉我她是多么的纯洁、秀外慧中。

那天早晨，我发现那两张马萨绰的大照片从她床边墙上消失了，那是我从意大利带来给她的。我十分惊讶，正准备询问那两张照片去哪儿了，这时恰好看见那附近书架上的书，以前都是放着她最爱的枕边书。这些藏书有一半左右都是我送给她的，另一半是我们一起阅读过的一些书籍。现在这些都不见了踪影，替代它们的是一些毫无深度的通俗的宗教小册子，这些书我原以为她是完全不感兴趣的。我猛地抬起头来的时候，与阿丽莎的目光相遇——是的，她正看着我微笑着。

“请原谅，”她马上说，“你这种表情让我忍不住笑了，你看见书架的时候，脸色一下子就变了。”对于她开的玩笑我没有一点心思。

“说真的，阿丽莎，这些就是你现在读的书吗？”

“是的。很奇怪吗？”

“我还以为一个吃惯了营养品的人，当她再去吃一些索然无味的东西时会感到恶心。”

“我不明白你是什么意思，”她说，“这都是一些朴实的灵魂。他们与我对话时都简单明了，把自己的想法全心全意地告诉我。我喜爱与他们打交道。我从一开始就知道他们不会花言巧语的招数。所以对于我来说，我看这些书的时候自然就不会对他们顶礼膜拜了。”

“这样说来，你只读这一类的书了？”

“差不多。是的，我已经这样好几个月了。不过我现在读书的时间也没有以前那么多了。我跟你说实话吧，这阵子当我还想去重读你让我看的一位大师的作品时，我发现自己变成了《圣经》里描述的那个人，用尽全力要把自己的身材拔高一点儿。”

“是什么样的‘大师’才会让你对自己充满这种离奇的思想？”

“其实并不是他让我变成这样的，只不过是我在读他写的书时有这样的感觉……是帕斯卡。可能我读到的地方恰好不是最精彩的部分……”

我用了一个手势示意我已经不耐烦了。她语气清晰且单调，好像是在背书，眼睛仍然还在盯着花没有抬起。她摆弄着这些花儿，一直弄个没完。因为我的这个动作，她稍微停顿了一下，然后用一贯的语调继续说着。

“如此惊人的雄辩，用尽全身的力气，但是能证明的只有一点点。有时我对他如此悲天悯人的腔调产生怀疑，难道相比之下，这不是更像怀疑的结果而不是信仰的结果。如果真的是全身心的信仰，这个声音里怎么会有如此多的眼泪，听起来让人瑟瑟发抖。”

“就是因为有这种颤抖，这些眼泪才组成了这种动听的声音。”我竭力地辩驳，但泄了底气。因为从她说的话中，我已经不认识那个我爱的阿丽莎了。我把这次谈话都依照回忆一五一十地记录下来，没有修饰也没有编造。

“如果他没有将现实中那些愉快的东西排除掉，”她继续说，“现实生活的比重会超过……”

“超过什么？”我说。我觉得她说的这些奇怪的话，让人惊讶。

“超过他说的那种不确定的幸福。”

“那种幸福你也相信吗？”我大声说。

“信不信没什么关系。”她回答，“我宁愿这是一种不确定，这样就没有什么交易存在了。热爱上帝的灵魂沉迷于美德，并不是想要获得报偿，而是天性就如此高尚。”

“这就是帕斯卡这些贵族说的那种神秘的怀疑主义了。”

“这可不是怀疑主义，是冉森派教主义，”她笑着说，“不过这一套跟我关系可不大是吧？这些都是可怜的灵魂，（她朝向书架的方向）如果有人问他们是什么主义，冉森派？寂静派？或者其他的什么。他们肯定是无言以对的，他们臣服在上帝的跟前，就像风吹的野草，没有罪念，也不存烦恼，更不会逞强。他们没有觉得自己有任何一点儿过人之处，了解自己的价值在哪里，就算在上帝面前也不表露自己。”

“阿丽莎1！”我大声喊道，“你为什么不要你的翅膀了？”

她依旧平静、温和、自如，和她比起来我的大声喊叫显得如此可笑和不合时宜。

她一边摇头一边微笑着说："我最近读帕斯卡收获到的是……"

她突然停顿了，于是我问："是什么？"

"那是基督的一句名言：'如果想要救自己的生命，就一定会丧失生命。'如此等等。"她继续说，笑得更欢乐，她在对面望着我："说实话，我真的不能理解。我与这些卑微的人交流了一段时间后，真是奇怪，那些崇高的理想和抱负都让我有些喘不过气来。"

我觉得十分慌乱，这个时候难道我就找不到一句话来回应她吗？

"要是我今天一定要跟你一起来读这些说教的东西，比如那些沉思录什么的话……"

"但是，"她打断我，"要是我听见你读这些书，会非常难过的！我相信有一些更好的东西值得你去读。"

她语气很随意，压根没有考虑过我听到这些话的感受，这些话将我们两人生生地分开，让我心碎。我怒火中烧，还能说什么？我快哭了，我的眼泪或许能打动她，但我沉默着，用手臂撑着壁炉架，用手捂住额头和脸颊。她一直在平静地整理着花，根本无视我，或者假装没有理会我的痛苦……

这时用餐的第一声铃响了。

"准备午餐快来不及了。"她说，"你走吧。"然后好像是在开玩笑似的说了句："我们以后再说吧。"

可是在以后的日子里，我们根本就没有再谈起过。阿丽莎一直躲着我，好像也不是刻意回避，但每次都会有一些紧急的事情必须马上去做。我只能一直等着，我需要不停地等待她完成那些应接不暇的家事，仓库里的工作需要她监督，对那些佃户、穷人她好像也越来越关心，总是去探望他们。留给我的时间少之又少。我见到她时刻都在忙碌着，可能还是那些琐事缠身。只有在我没有一直找她的时候，才没有那种受到冷落的感觉。不过一旦有空和她说上几句，我就更觉得被冷落了。当阿丽莎大发善心给我几分钟的恩赐的时候，我们的话题都很不投机，她好像在哄小孩子一样。她有时匆匆忙忙走过我身边，毫不在意，微笑着，我感觉她比陌生人还要陌生。甚至在她那微笑的瞬间我感到被奚落了，或者至少是一丝讽刺，她用这种方法躲着我是多么的满足……我自暴自弃，我觉得不应该责备别人，因为不知道对她能有什么样的期待，所以也无法去责备她什么。

在我想象中应该是过得非常幸福的时光就这样慢慢流逝了。我对这段时光有些茫然，既不想挽留这段时光，也不想延长这样的日子，我感到每一天自己都过得很辛苦。在我走的前两天，一个空明的秋夜，我们来到石灰泥废坑前的长椅，天空没有云雾，从这里到地平线的物体都染上了一层天蓝。往事慢慢地浮上心头，我压抑不了自己的痛楚，我告诉她自己是多么的不幸，之前的那种幸福已经完全找不到了。

“但是，我能怎么办，我的朋友？”她答道，“你爱上的其实是一个幽灵。”

“不，不可能是幽灵。”

“那就是一个想象中的人。”

“不！我没有想象什么。她从前就是我的女朋友。我要把她找回来，阿丽莎！阿丽莎！我的爱人。你为什么会这样？”

她半天没有作声，慢慢地摘下一朵花儿，低着头。终于，她说："杰罗姆，你怎么不干脆说你已经不像以前那样爱我了？"

"不，不是这样的！我确定！"我大声地喊起来，"我比以前更爱你！"

"如果你现在还爱我，那为什么要找过去的那个我呢？"她说着，勉强地笑笑，耸了耸肩。

"我不能让我的爱情成为过去。"

地塌陷在我的脚下，我尽力地抓住些什么……

"它和其他东西一样也终会过去。"

"我的爱情只会与我同归于尽。"

"总会慢慢冷却的。那个阿丽莎，你以为你爱着的那个，她只是你记忆中的那个人罢了，在将来的某一天，你想起来的时候，才会明白她只是你曾经爱过的人。"

"你说的这话，听起来就好像是在我信中有一些东西可以取代她似的，好像是我不爱了一样。你也是爱过我的，你不记得了吗，怎么能用这样的话来折磨我？"

她那苍白的嘴唇颤抖着，喃喃自语，声音似乎都无法听清楚。

"不，不，阿丽莎在这一点上从未改变过。"

"那就没有什么改变了。"我抓住了她的手臂。

她继续说，语气更坚定了：

"其实就是一句话，你怎么不说出来呢？"

"什么话？"

"我老了。"

"乱说！"

我马上反驳说我和她一样也老了，告诉她我们之间的年龄距离还是没有改变。可是她马上恢复了镇定，那个唯一可以攻破她内心的时刻过去了，我只顾着争辩，没有把握住时机，我错过了。

过了两天，我离开了奉格司麦。失望，我对她、对我自己都不满意，而且对叫作美德的东西满怀憎恨，我一直以来的这种心思让我觉得真可恶。在这最近的一次见面中，我把我的爱情夸张地表现出来，好像热情都已经在那个时候全部耗尽了。阿丽莎说的每一句话，开始我一点儿也不认同，当我不去辩解而停下来沉默的时候，那些话却一直在我的心里回响。她说的是有道理的！她说的是真的！我真的爱上了一个幽灵了，我以前爱的且现在依旧爱着的那个阿丽莎不在了。哦，肯定的，我们都老去了！那种诗情画意的画面消失了，然而，就是一切又回归了平静和自然而已。我不知道从什么时候开始把她当成我的偶像，想象得很崇高，用我的爱来不停地装扮她，现在我做的这些都白费了，剩下的只有疲倦，我的辛苦不是白费了吗？……一旦消除这些影响，阿丽莎就回到了她自己的水平上，相当平凡，其实我自己也是一个平凡的人。但是如果我们都在这个水平上我就不会再想念她了。都是我用自己的力量让她提升到那个高度，然后又苦苦去追逐她，这种行为让她站在美德之巅，真是荒唐！我们的爱情，如果不是那么高傲就好了；如果我们的爱情没有追寻的目标，那这意义又何在呢？那不是忠贞而是冥顽不灵。对什么忠实呢？——幻想的对象。最聪明的做法难道不是承认我的确是错了吗？

当时，我收到去法国学院的邀请，马上就答应了——既不是出于兴趣，也没什么野心，只是因为这是一个可以离开的理由。

8

可是我还是见了阿丽莎一面……那是在三年以后的夏天。在那之前的十个月，我正在巴勒斯坦旅行，我从她那儿知道舅父去世了，于是马上给她写了一封相当长的信，不过去信如同石沉大海……

有一次我忘记是出于什么原因偶然来到了勒阿弗尔——自然顺路去了奉格司麦。我想阿丽莎应该在那里，不过恐怕她不是独自住在那儿。我没有告之我会过来看她，又不想当成一次平常的拜访去和她见面，我犹豫不决：是去还是不去呢？不去见她，就这样离开好吗？就这样吧，我于是沿林荫路散步，坐在以前她常去的长椅上，我想也许她还会来坐坐……或许我留下一些记号，就算我走了，她也会发现其实我曾经来过……我边想边走，已经决定不见她了，那股心头的强烈的悲愤已转化成了一丝温柔的忧郁。我走到了林荫道上，担心遇到熟人，于是沿着与农场相连的土坡走到一条侧路上。我知道那个斜坡上有个地方能看见园子里面。我爬过去，看见一个陌生的园丁正在小路上割草，一会儿就看不见人影儿了。院子由一个新栅门围住。一只狗嗅到我过来了，冲我直叫。再往前走一点，到了林荫路的尽头，右转，又是花园的围墙，那边是一个与我刚才离开的林荫路平行的山毛榉树丛，当我经过菜园的那扇小门前时，心头一震，一个想法一闪而过——我想进去看看。

门是关着的。我用肩膀一顶，里边的门闩就快扛不住了……这个时候，突然传来一阵脚步声，我立马躲到墙角处。

我不知道园子里出来的是谁，可是从声音来判断，我觉得一定是阿丽莎。她往前走三步，轻声呼唤我：

“是你吗，杰罗姆？”

我的心跳原本非常快，忽然一下就停止了，我哽咽着出不了声，什么话都说不出口。她又大声一点儿问：

“杰罗姆，是你吗？”

这样的呼唤让我非常激动，我极力控制住感情，不由自主地跪下了。我一直没有回答，所以阿丽莎往前走了走，转过墙角，突然我感觉到她就在我身旁——我用胳膊挡住脸，好像害怕见到她似的。她俯下身子好一会儿，我在她纤细的双手上吻了又吻。

“你躲起来干什么呢？”她问我，好像三年的时间对她来说就只有三天而已。

“你怎么知道是我来了呢？”

“我一直在等你。”

“你等我？”我大为惊讶，所以只能用疑问的口气希望能确认这件事情……这个时候我还是跪在地上。于是她说：“到长椅那儿去说吧。”她又说道：“是的，我知道我和你还会见一次面。最近这三天，我每天晚上都来这里，每天都呼唤你，就像今晚一样……但是你怎么不回答呢？”

“如果不是你过来正好撞见我，我准备不和你见面就走了。”我说着刻意保持冷静来控制之前的激动。

“我只是顺路到勒阿弗尔来，后来又想到林荫路附近走走，穿过花园，再坐坐那长椅。我想可能你有时候也会去那儿坐坐吧，然后……”

“你看看这三个晚上我来这儿读的内容吧。”她打断我的话，把一包信递给我。我认出这些是我从意大利寄过来的那些信。这时我抬起头来看着她。她变了很多，变瘦了，脸色苍白，这些都让我心疼。她挽着我的手臂靠在我旁边，紧挨着我，可能是怕冷或者担心着什么。她戴着重孝，头巾是黑纱围成的，让她的面庞显得更加苍白。她微笑着，好像就快要倒下了。我特别想知道她现在是不是一个人住在奉格司麦。不过她并不是一个人住，罗伯和她一起住在这儿，朱丽叶、爱德华以及他们的三个孩子八月曾经回来和他们一起在这里……我们来到长椅前一起坐下，拉起了家常。她问我工作怎么样了。我不是很耐烦地回答她。我的目的是让她感到我对自己的工作没什么兴趣，就像她以前说的话让我失望一样，我也这样让她失望。我不知道有没有达到这个目的，我看不出来她的态度。至于我，对她又爱又恨，我在和她说话时尽力装成不在乎的样子，对她冷言冷语的，我觉得自己的声音有时候太不争气，还会激动地颤抖。

夕阳西下，在正对着我们的方向，一会儿被乌云遮住一会儿又重新出现在地平线上，空旷的田地在霞光的照耀下轻轻浮动，我们脚下狭窄的山谷被那云烟填满，慢慢地太阳落下了。我眼睛花了，许久没有说出一句话来。我感到自己被一片温柔的金色包围，一切怨恨都消失得无影无踪，心底里只有暖暖的爱意。阿丽莎侧着身子靠着我，她直起身子，从上衣里把一小包东西拿出来，想把它给我，却突然停住了，好像有些迟疑。这时，我惊奇地看着她，她开口说：

“听着，杰罗姆，这就是我的紫水晶十字架。这三天晚上我都带过来了，其实我很早之前就想给你了。”

“你把它给我干什么？”我用随意的口气回答着。

“让你保留着。送给你女儿，算是纪念我。”

“什么女儿？”我喊着，盯着阿丽莎，我不知道她这是什么意思。

“请安静地听我说吧，求你了。不，别这样盯着我，我这样和你说话已经很不容易了，可是这些东西我一定要告诉你。听好，杰罗姆，有一天你会结婚的……不，你不要回答我，让我说完，求求你。我希望你在以后的日子里仍然记得有一个人深深地爱过你……很久很久，三年时间……我觉得这个小十字架你会喜欢的，请让你的女儿戴上，这样可以纪念我，噢！不过不要让她知道我是谁……也许你也可以……给她取我的名字……”她哽咽着，已经没办法说话了。我叫道，好像是充满着敌意：

“你为什么不自己给她？”

她还想说些什么。她的嘴唇微微颤抖，像小孩子在哭泣。但她没有哭，她目光闪烁着异常的光辉，脸上有一种神奇的像天使一样的美。

“阿丽莎，你让我怎么结婚呢！我爱的只有你，你是知道的……”忽然，我疯狂而又粗野地将她搂在怀里，在她嘴上不停地亲吻着。她没有反抗，在我怀里躺着，我一直抱着她，看见她的眼神迷离了。她最后闭上了眼睛，用一种我从未听到过的悦耳的声音说道：“朋友！可怜我们吧！”她说，“啊，不要亵渎我们的爱情。”

好像她还说了一句：“不要有这种卑怯的行为！”也可能是我自己这样说了一句，我不清楚，突然一下子扑在她跟前，虔诚地用双臂抱住她……

“你是这么爱我，为什么忍心拒绝我？我开始以为你在等朱丽叶幸福，后来她结婚了，也获得了幸福，你曾经跟我说过。我后来觉得你是希望留在父亲的身边，现在，只有我们两个人了。”

“哦，过去的事情不要再说了。”她喃喃说道，“那一页我早就翻过去了。”

“阿丽莎，现在还不晚。”

“不，我的朋友，我们没有时间了。再也不会有了，因为爱情，我们在彼此身上发现了比爱情更高尚的东西，那时，就已经没有时间了。因为你！我的朋友，我把梦想升得太高，所以世间的这些快乐对我来说都是一种堕落。我常常猜想，如果我们在一起事情会如何发展，如果有不完美出现，我真的受不了……我们的爱不能有瑕疵。”

“我们不在一起生活会怎么样，你想过吗？”

“没有！从未想过。”

“现在，你看！你不在的这三年，我一直是这样飘来飘去……”

夜色渐暗了。

“我有点儿冷。”她说，起身用头巾紧紧裹住自己，所以我没办法挽住她的胳膊。“《圣经》里的那一节你可曾记得，让我们为难，我们不能完全理解的那句：‘他们应许的东西并没有得到，因为上帝将更好的东西给我们了……’”

“你还信这些东西吗？”

“当然相信。”

我们什么也没有再说，并肩走着。然后，她又说：

“你想想看，杰罗姆，会有更美好的东西……”她的眼睛突然泛出泪光，说道，“更美好的！”

我们转回到刚刚与她相遇的那个菜园小门口。她转过身来面对着我。

“再见！”她说，“不，别过来了。再见，亲爱的朋友。从此刻开始……那就会有更美好的东西出现了。”

在那一刻，她凝视着我，抓住我，又将我推开，张开手臂把手放在我的肩上，眼睛里有一种无法言语的爱泛滥着……

门关上的那一刻，她立刻随手闩上了。我忽地倒地，只剩下独自绝望，不能这样在夜里哭泣，我哽咽不语，许久许久。

如果撞开门，把她抱住，我就是闯进去，她也不一定就会把我赶出来。不过，不行，就算是今天，让我重新选择，在那一刻，我明白我不能这样闯进去。谁若对我的行为不能理解，那他就是太不了解我了。

我回来后非常焦虑，几天后，我就给朱丽叶写了一封信。我把去奉格司麦的事情告诉了她，我对阿丽莎那苍白消瘦的身体状态表示非常担心，请她给我一些阿丽莎的消息，我是不奢望阿里莎自己会给我消息的了。

还没过一个月，我收到了一封信：

亲爱的杰罗姆：

有一个非常悲痛的消息要告诉你，我们可怜的阿丽莎走了……唉，你在来信中说的真是有道理的。这几个月，她也不知道是怎么回事，没有得什么大病，但身体一天天衰弱，我劝她去看看医生，她去了勒阿弗尔的A医生那儿，A医生来信说她没得什么病。你去看她后过了三天，她就很突然地离开了奉格司麦。罗伯在信里告诉我她离家出走了，她很少给我写信，还好有罗伯，我才知道她离开家了。她离开的时候我没有那么快就觉得惊讶，我觉得罗伯让她一个人去巴黎有些不妥。你一定不会相信，就是在那个时候，我们就失去了她的下落。可想而知我有多么着急，见不到她，连给她写信也不行。罗伯过几天到巴黎去找她，但是一无所获。他做事情不太认真，我们不是很放心，所以报告了警察局，不然这样一直不安地待着实在有些让人难以忍受。爱德华去找她了，终于没有辜负我们，发现阿丽莎在一家小疗养院里面。唉，可惜晚了一步。我收到了院长寄来的一封信，就是在那个时候，爱德华也发来电报说没能见到她。她最后一天在一个信封上写上我们的地址，让别人可以联系到我们。还有一个信封，是给律师的一份信函副稿，上面是她的遗嘱。我想这里面一定有关于你的内容，下次我就告诉你。前天举行的葬礼，爱德华和罗伯参加了。走在灵柩旁的不止他们两个人。参加的还有疗养院的好几个病人，他们一起送她去了墓地。至于我，正好第五个孩子快出生了，实在不能出门了。

亲爱的杰罗姆，我可以想象你听到这个消息一定很悲痛。我给你写信的时候，心也在不停地滴血。这两天我只能卧床休息，这封信写得很艰难，不过我不想同别人——即使是爱德华和罗伯——说起她来，最了解她的就只有我们两个人。现在我已是一个大家庭的老母亲了，岁月掩盖了往事的种种。我希望能再次见到你。你到尼姆来的时候顺道来看看吧，我们在爱格维孚等着你。爱德华也非常想见你一面，我们见面的时候再说说阿丽莎吧。再见。我的朋友，伤心地拥抱你。

几天以后，有消息说阿丽莎把奉格司麦留给了她弟弟，不过房间里那些东西和家具都要给朱丽叶。不久我即将收到一个密封的信封，是她亲自写明寄给我的，还有一些文件。我们最后一次见面时她送给我的那副紫水晶小十字架我没有收下，我后来才知道，她让人挂在她的脖子上。爱德华说都已经按她的嘱咐办妥了。

阿丽莎的日记装在那个密封的信封里，由律师寄给了我。我把其中的几页抄写下来只是抄下来，不再去过多说明。你们可以想象一下我读这些日记时的感受，我内心的澎湃与复杂的情绪，我没办法用言语来表达，只能由你们自己去体会。

阿丽莎日记

爱格维孚

前天离开勒阿弗尔，昨天抵达了尼姆，这是我的第一次旅行！既不用操心家务，也不需要烹饪，紧接着就有点儿无所事事了。在我的二十五岁生日，一八××年的五月二十三日，我写起了日记——并没有太大的兴趣，只是为了陪伴自己。我觉得孤独，这也是生平的第一次——在一个陌生的、完全不熟悉的地方，这是一个我还不认识的地方。相信它要对我展示的和诺曼底对我叙述的，与我在奉格司麦听到的那些没什么不同——因为上帝无论在哪里都是一样的——只是在这片南国的土地上，所讲的是我还听不懂的语言，我听了之后很诧异。

五月二十四日

朱丽叶在我旁边的一张沙发上睡着了。这个开放式的走廊让这栋意大利式的房子充满独特风格，它连接着庭院，庭院又与园圃相接。整个草地的起伏一直延至水塘边，朱丽叶不需要离开沙发都可以看见，一群色彩斑斓的鸭子在水面上嬉戏，两只天鹅在那儿游泳。据说有一条即使是夏天也不会干涸的小溪给它供水，它流过整个花园，园子变成了丛林，越长越多，被干渴的灌木丛与葡萄田夹在了中间动不了，不久之后会全部闷坏了。

……昨天我的父亲在爱德华·台西埃的带领下参观了园圃、农场、酒窖和葡萄园。我因为留在朱丽叶身边没有去，因此今天一大早，我才能独自一个人在这个园子里进行我的第一次考察探险。许多新奇陌生的花草植物，我都想了解它们有什么样的名字。我准备在吃午饭的时候打听它们的名字，因此我留了每一种的一条细枝。在它们中我看见了一些被杰罗姆在博尔吉思别墅或道里亚——班非利那儿称赞过的青橡树。我们北方的树木跟它在外观上有很大的不同。在接近园子的尽头，有一个狭小神秘的地方，我看见它们生长在那里，树荫底下有一片踩上去非常舒服的草坪，等待着山林女神的到来。我感到惊讶，有点儿害怕，因为对于自然的感情，我在奉格司麦是绝对尊崇基督教的，而这里竟让我不由得觉得带有那么一点儿神秘的气息。这种恐惧的感觉让我意识到这依然是具有宗教性质的。我低头说出了这句话："这就是树林。"空气如水晶般清澈透亮，周围一片别样的寂静。这让我想到了俄耳甫斯和阿尔米达。突然间我听到了树林里一声鸟鸣，离我如此之近，如此悲情，如此纯净，这一瞬间我感觉整个大自然都是在等待这个声音。我的心跳得很快，我靠在一棵树上歇了一会儿，之后趁着大家还没有起来就回去了。

五月二十六日

还是没有收到杰罗姆的信。就算他寄到勒阿弗尔，到这会儿信也应该到我手里了……我只好在这本册子里记录我的不安。这三日我没有一刻不想这件事，就算昨天去列波游玩也没用，祈祷也无济于事。今天我是写不出任何东西了：到了爱格维孚之后，我所有的不高兴，可能也别无原因——只是我埋藏在心里的这种情绪，在很久以前它就已经在那里了，我认为的愉悦也只是一种遮掩罢了。

五月二十七日

为何我要对自己不诚实呢？对于朱丽叶的幸福我一直在强迫自己感到高兴。之前我非常希望，即使牺牲我自己的幸福也要换得她的幸福，但是现在她很容易地得到了。只是在感到这幸福跟我本来所期盼的完全不同时，我感到痛苦。这件事情原来这样的复杂啊！是啊……我明明白白地看到了自己的私心：我气愤在我的牺牲以外她找到了幸福，我气愤她竟然不需要我的牺牲就能得到幸福。

如今，当我察觉到杰罗姆的沉默让我感到不安的时候，我问自己：在我心中我是否真的完成了那种牺牲？我好像是受了委屈，难道我连牺牲都不配吗？

五月二十八日

对于自己哀愁的分析是多么危险啊！我已经依赖起这本日记了。我曾经以为克服了的虚荣的心理在这里又萌发了吗？不，不是的，只愿这本手记不会成为美化我的灵魂一面镜子吧。现在我写日记，也不是像我之前想的是由于空闲，而是由于忧愁。这种忧愁本就不该是属于我，早已不属于我的一种罪。我恨它，但愿我的灵魂能够摆脱它。这本日记对我重新找到心中的幸福应该是有帮助的。

哀愁是一种如此复杂的情感。之前我从不需要去剖析我的幸福。

在奉格司麦我也是独自一人，也许更加孤独……只是为什么我感觉不到呢？当杰罗姆从意大利给我写信的时候，他不和我一起观看事物，不和我一起生活，这些我都是愿意的，我用思想跟随着他，把他的快乐当作我的快乐。但是现在我却不自觉地需要他了，因为没有他，我看到的所有一切新的事物都使我感觉到厌烦。

六月十日

日记刚刚开写就中断了一段时间，小丽思的出生让我整天在朱丽叶的身边当看护。我想对杰罗姆所写的一切，都不愿在这里写。我不想跟普通妇女一样写一些啰唆的话。我要把这本日记当成是自我完善的一种工具。

（接下来的几页是读书笔记、摘录等。之后就是在奉格司麦的……）

七月十六日

朱丽叶是幸福的，她自己这样说，看起来也是这样。我没有任何的权利和理由去怀疑这个事实……只是为什么现在我在她的身边，会有这样不满足和不安的心情呢？或许是因为感觉到了这样的幸福是这么实际，这么容易得到，以至于束缚、窒息了灵魂……

我问自己这就是我希望得到的幸福和找寻幸福所经历的吗？上帝啊！不要让我太快接触到我的幸福吧！让我的幸福延后吧！让它更好地待在你的身边吧！

（日记接下来的许多页被撕掉了。记载的应该是我们在勒阿弗尔那次失败的重逢。日记是从第二年继续的，没有标注日期，不过很明显是写于我住在奉格司麦的那段时间。）

有的时候我听他讲话，就好像看见了自己在思考一样。他评析我的想法的时候，让我发现了我自己。没有他我能够生存吗？还是我只有和他在一起的时候才是存在的……

有的时候我也疑惑：我对他所怀有的这种感情是否就是大家所说的爱情——大家常常描述的关于爱情的画面与我所希望的是那么的不同。我情愿一点儿也不提到爱情，让我爱着他却不知道自己爱着他，尤其希望爱他而他却全然不知。

我发现如果生活中没有了他，就不会感到丝毫快乐。我的所有美好的言行只是为了能使他喜欢。但是我觉得在他的身边我那些美好的言行又无法继续下去。

我喜欢弹奏钢琴，这样能让我觉得我每天都在一点点地进步。这也许就是我喜欢读外国文学作品的原因——当然这并不是说我喜爱外国的语言超过了本国的语言，或者我所钦佩的本国作家比不上外国作家——我在不断地琢磨理解，克服感受感情时遇到的那些小小的苦难。我会有一种不容易察觉的骄傲与自豪，这不仅能让我在心智上感到快乐，而且能让我感受到一种必不可少的精神上的满足。

无论怎样幸福，我都希望能更进一步。我所希望的天堂的喜悦并不是灵魂与神灵的融合，而是一种无限可能的接近。我并非在搬弄字眼，我要说，如果这种快乐不是向前进步的，那我便会不屑一顾。

今天早上我和他一起并肩坐在路旁的一条长椅上，什么都没有说，也不觉得有什么需要说的……突然间，他问我相不相信有来世。

“啊，杰罗姆。”我立刻说，“这对我来说何止是一种希望，更是一种确信……”

突然，我感觉到在这一声感叹里，倾入了我所有的信仰。

“我想要知道，”他停了一下，接着说，“没有信仰，你会有什么不同吗？”

“我怎么知道呢？”我回答，然后又问，“那么你呢？不论你是否愿意，我的朋友，在你所依靠的信仰下，你的行为也不会有什么不同。不然，我就不会爱你了。”

不，杰罗姆，不，我们美好的言行并不是为了能在将来得到什么回报，我们的爱情也并不是为了追求回报。辛苦劳动只是为了得到回报这种观念是对我们灵魂的一种侮辱。美好的言行对于灵魂来说不是一个装饰品——那只是美的一种形式。

父亲的身体又不太好了，我希望他的身体不会出大问题，只是这三天他只能喝牛奶了。

昨天晚上，杰罗姆刚回到他的房间，父亲就留下来陪着我，我还没有睡，后来杰罗姆走开的时候，我在沙发上坐着。确切地说我是躺在那里，我以前几乎从来没有这样做过，不知道为什么。灯罩把我的眼睛和上半身笼罩在阴影里，我发呆似的看着我的脚尖，脚尖从衣服里稍微露出来，在上面有一丝灯光。父亲过来的时候，在门口站了一会儿，看着我，神情有点儿奇怪，带着凄凉的笑。我觉得有点儿不好意思，于是站了起来，这时候他向我招了招手。

“过来，坐到我身边。”他对我说。虽然时间已经不早了，但他还是和我聊起了我的母亲，自从母亲离开以后，他还不曾聊起过她。他跟我说他和母亲是怎样结婚的，他是多么的爱她，刚开始她对他是那么的重要。

“父亲！”我对他说，“请你告诉我，你今晚为什么要对我说这些？为什么你要在今晚对我讲这些……”

“因为，刚才来到客厅的时候，看见你在沙发上躺着，在那一瞬间我以为那是你的母亲在那儿。”

我之所以要这样追问他，只是因为就在这一天晚上，杰罗姆站在我的背后，靠在我的椅背上，和我一起看我正在看的书。我没有看见他，但是我能感受得到他的气息，也能感受得到他身上散发的热和身体的颤动。我假装继续看书的样子，但是我知道自己已经看不下去了，我连词句也分不清楚。我的心里一阵怪异的烦乱，使我赶紧从椅子上站了起来，趁我还站得起来的时候。我走出去的时候庆幸没有让他看出什么端倪，只是后来，当我一个人躺在客厅那张沙发上的时候，父亲说觉得我像母亲的时候，我正好也想起了他。

这一夜我睡得非常不好，心里很不安，烦闷且苦恼着，过去的记忆像悔恨的潮水般向我涌来。

上帝啊，告诉我如何远离一切丑恶吧。

可怜的杰罗姆，他不知道，其实在某些时候他一点点的表示就足够了，而我有时候只是在等着他那个表示……当我还是个小孩子的时候，为了他我才希望自己长得美；为了他，我才力求完美。而这种完美，没有他我是达不到的。也正是这一点，上帝啊！在你的一切教导里，这是最让我的灵魂感到困惑的。

美好的言行与爱合而为一的灵魂该是多么幸福啊！有时候我怀疑除了去爱，尽全力地去爱，越来越深的爱之外，还有没有其他的……但是在有些时候，唉！美好的言行在我的眼中也是爱情的牵绊，什么！我能把我心中最为自然的倾向称之为美好的德行吗！啊！这让人感动的诡辩！这让人眩晕的诱惑！这幸福的骗人的幻影啊！

今天早上我在拉布吕耶尔的书里面读到：

“在人的一生中，有时候一些能让我们拥有极大的欢乐和温柔的允诺是被禁止的，这时让我们真心地希望我们至少能获得恩准……这么大的诱惑，我们只能用美好的德行去克制它们。”

那么为什么我会认为有什么是需要禁止的呢？莫非我在不知不觉中被一种比爱情的诱惑更有力更为动情的东西所吸引吗？啊！希望能够借助爱情的力量，牵引我们两个的灵魂超越爱情吧！

唉！我现在清楚了：在上帝与他之间，除了我自己，并没有什么别的障碍。或许，就像他对我说的那样，刚开始是他对我的爱情使他接近上帝，但是现在爱情让他受到了阻碍，他舍不得我，他更偏向于我，我成了他的偶像，绊住了他向更好的德行前进的步伐。我们两个当中必须得有一个努力到达目的地。我已经没有希望能在我卑怯的心里克制住我的爱情了。上帝啊，请赐予我力量，让他不再爱我，为此，我愿以我的功德为代价，向你呈献高出我千百倍的他的功德……因为失去了他，我的灵魂虽然会为今天的失去哭泣，但是我的失去也是为了以后我能重新在你身边找到他。

请告诉我吧，上帝！还有什么样的灵魂应该更值得得到你的爱呢？他生来就该有更远大的前途，而不仅仅是爱我而已。

如果他把他前进的步伐止步在我这里，我还会如此爱他吗？原本属于英雄的一切，都会在幸福里慢慢消散啊……

星期日

“上帝给我们预备了更加美好的东西。”

星期一，五月三日

幸福就在这里，在我们的身边，向我们招手……只要我们一伸手就能得到……

今天早上，在与他谈话的时候，我做出了属于我的牺牲。

星期一晚间

他明天要走了……

亲爱的杰罗姆，我永远这么温柔地爱着你。可是我永远也不会告诉你这些。我把我的眼睛、我的嘴唇和我的灵魂约束得那么严实，以至于离开你对于我来说是一种解放，一种痛苦的满足。

我竭尽全力按照理性行动，可是就在我行动的时候，指挥我行动的理性往往会摆脱我的掌控，变得那么愚蠢，现在我再也不相信它们了。

指挥我躲避他的那些理性，我对它们不再信任了……只是我还是在躲避他，悲哀地躲避着他，我不明白自己为什么要这样做。

上帝啊！我希望杰罗姆与我，在向你前进的道路上能够彼此相互扶持；在人生的这条道路上像两个朝圣者一样走着，有的时候一个人会对另一个人说：“如果你累了，就靠在我的身上吧！”另一个人回答说：“我能感觉到你在身旁，就足够了……”但是，上帝给予我们的路是如此的狭窄——窄得连我们两个并肩而行都容不下。

七月五日

我已经有六个星期没有翻开这本日记了，上个月重新读到其中的几页时，我看出自己非常在意日记是否写得好……我想我这是为了写给他看……

这本日记本来是为了让我在没有他的陪伴下也可以活下去，但是现在我却在不断地为他而写。

我把自以为写得好的几页都撕掉了（我知道我说的这个“好”是什么意思）。我原本应该把涉及他的几页都撕掉，我原本应该把它们统统都撕掉……可是我做不到。

我为自己毁掉了的那些感到骄傲……如果我的心不是如此痛苦，这种骄傲我本来是看不起的。

看起来好像我所销毁的是什么了不得的东西呢！

七月六日

我必须得抛弃我的那些书了！

从一本书到另外一本书，我不断地逃避他却又不断地遇见他，甚至在我自己发现的句子段落中，我都能听见他朗诵的声音。我只注意他感兴趣的地方，我的思想也参照着他的思想，以至于我不能分清它们，甚至像以前一样把它们混淆。

有的时候我故意乱写，希望能避免使用他词句的节奏，可是越是要抗拒他，我却越忘不了他。在一段时间里，我下定决心暂时除了《圣经》（也许也读《遵主圣范》）外，什么都不再读了，而在这本日记里，除了每天抄录我读的主要经文，什么都不写。

（接着从七月一日起，每天都附带一节经文。我只抄下那些有评语的）

七月二十日

“变卖掉你所有的一切，分给穷人。”我明白我应该把只给杰罗姆的这颗心分给穷人。与此同时不也是在教他这样做吗？上帝啊，请赐予我一点儿勇气吧。

七月二十四日

我不再读《内在的安慰》了。这种古文虽然很有趣，但是会使我分心，并且它所给予我的这种近似于异教的喜悦，跟我想在其中得到的教诲没有一点儿共同之处。

重新读《遵主圣范》。我不是看拉丁文原版，因为我读不懂。我所喜欢读的这本译本甚至连署名都没有。这其实是新教徒读的书，可是书上却说：“一切基督教团体皆可用。”

“啊！如果你明白，在向着美好的言行前进的道路上，会让你收获到何等的安宁，会给予别人何等的快乐时，我相信你会更加致力于其中。”

八月十日

如果，上帝，当我怀着孩子般的赤诚热情、天使般纯净的声音向你呼喊时……

这一切我知道是来自于你，而不是来自杰罗姆。

可是这是为什么，要让你我之间到处都有他的影子呢？

八月十四日

完成这项工作只用了两个多月的时间……上帝啊，请帮助我！

八月二十日

我深深感受到牺牲在我心中并没有完满达成，这使我感到忧伤。上帝，让那过去只有他常常能让我感受到的喜悦，从此以后只来自你于一人！

八月二十八日

我所达到的美好的言行是多么平庸，多么细小！是因为我对自己太苛求了吗？再也受不了了！

总是祈求上帝赐予力量是多么怯弱的行为啊！我的祈祷里现在充满了哀求。

八月二十九日

“看那田野里的百合花……”

这句简单的话今天早上使我陷入了悲哀，无法自拔。走到田野里，我不断地重复着这句话，我的心里、眼眶里都充满了泪水。我注视着这片广阔的平原，农夫正在弯身犁田。“田野里的百合花……”可是，上帝啊，它们在哪里啊？

九月十六日，晚十时

在这里，在这栋房子里，我又看到他了。我能看见从他的窗口照映到草地上的灯光。当我写下这些的时候，他还没睡，或许他在想我吧。他说他没有变，我觉得也是这样。我会依照之前我的决定对待他，以拒绝他对我的爱吗？……

九月二十四日

啊！这么痛苦的谈话，我居然能假装得如此冷淡无情，尽管我的心早已痛得无以复加……一直到现在，我总是在躲避他，今天早上我却相信上帝会给予我战胜的力量，老是躲避抗争到底是怯弱的行为。我胜利了吗？杰罗姆已经不那么爱我了吗？……唉！这是我希望同时却又害怕的事……我从来没有我想象中的那么爱他。

上帝啊，如果要把他从我这里救赎出去，就必须先将我灭亡，那你就这样做吧！

“进入我的心和灵魂，来承受我的苦恼，继续在我的身上承受你必须接受的苦难。”

我们说起了帕斯卡……我有意说了些什么？多么荒唐的胡言乱语啊！在我说出来的时候，我已经深深地感到痛苦了，今晚我更是追悔不已，就像说了亵渎神灵的话。我再次拿起那本沉重的《沉思录》，随手翻到致格安奈小姐书的这一节：

“只要你自愿跟随一个人前行，就不会感到他手中绳索的束缚，可是一旦开始抵抗和离开，你就要感到痛苦了。”

这句话让我感同身受，以至于我都没有再往下读的勇气了，可是在翻到书的另一页时，我发现了一段非常可贵的话，就把它抄录下来了。

（第一册日记到此结束。很显然之后的一册已经被毁掉了，因为在阿丽莎留下的资料文件中，日记是在三年后才重新开始的，那是九月在奉格司麦，也是在我们最后一次见面的不久前。）

最后的日记是这样开始的。

九月十七日

上帝，你知道，为了爱你我需要他。

九月二十日

上帝，把他赐予我吧，我愿意把我的心给你。

上帝，让我再见他一次吧。

上帝，我愿把我的心献给你，请允许我对你作出请求吧。我将把我余下的生命奉献给你……

上帝，宽恕我这卑劣的祈祷吧，只是我无法让他的名字离开我的嘴唇，也不能遗忘我心中的痛楚。

上帝，我向你呼喊：别把我放在彷徨苦难里吧！

九月二十一日

“你将用我的名义向我父请求的一切……”

上帝啊！以你的名义，我不敢……

难道你就看不出我心中狂热的渴求吗？即使我不再祈祷。

九月二十七日

从今天早晨起心里就十分平静。昨晚几乎整夜都在祷告，突然我觉得一种充满着安详的宁静，就像我小时候对圣灵所怀有的幻想一般，密密地包围着我，直渗入到我心灵的深处。我马上睡觉，唯恐我的喜悦只是神经暂时的兴奋。很快我就睡着了，这种幸福的感觉还依然存在。直到今天早上它仍然在这里。现在我确信它会再次降临。

九月三十日

杰罗姆！我的朋友，我称之为兄弟的人，可是我爱你更甚于爱兄弟……我在山毛榉的树丛里多少次呼喊你的名字！在每天接近黄昏的时候，我总是走过菜园的小门，走入早已昏暗的林荫路……

要是突然你回答我，如果你在我张望的石头斜坡后面突然现身，如果我远远地看见你坐在长椅上等着我，我的心不会感到惊讶……啊！是的，如果没有见到你我才惊讶。

十月一日

依然什么也没有。在无比清澈的天空中，日暮西沉。我等待着，因为我知道在不久之后，我就又会和他一起坐在那张长椅上了……我已经听见他说话了。我是多么喜欢听到他喊我的名字……他将会在那里！我会把我的手放在他的手里，我要把我的前额放在他的肩膀上，我要靠在他的身边呼吸。昨天，我又读了一遍他的几封信，只是我并没有看，因为我的心里很想他。我拿出他喜爱的那副紫水晶十字架戴在身上，在有一年夏天我不想要他离开时，一直佩戴着。

我想把这副十字架还给他。在很久之前，我做了一个梦：他结婚了，我把这件礼物送给了他的第一个女儿小阿丽莎，以小阿丽莎教母的身份……我为什么从来不敢告诉他这件事呢？

十月二日

今天我的灵魂愉快轻盈得像一只在天空里筑巢的小鸟。今天他要来了，我知道，我感觉得到，我好想告诉全世界，我要马上写下来。我再也不愿意掩饰自己的喜悦了。甚至那么不经意和不关心我的罗伯也察觉出来了。他的那些问话让我不知道如何回答。我怎样才能等到今天晚上呢？

是什么样透明的眼罩蒙住了我的眼睛，让我到处都能看见他那被放大了的身影？所有爱情的光芒集中在我心中这唯一的焦点上。

啊，等待真的好累！

上帝啊，请把幸福的大门向我开启吧！

十月三日

一切都消失了。唉，他像影子一样从我的手臂间消失了，他原本应该是在这里的！他应该是在这里的！就算是现在我还觉得他在这里。我呼唤他，用我的手、我的嘴唇在黑夜里无望地呼唤他……

我不能祷告，也不能入睡。我再一次走到黑暗的园子里。在我的房间里，甚至在整栋房子里面，我都感到害怕。我苦恼地走到我把他抛下的那个门口，打开门，满怀渴求的希望，也许他回来了吧！我呼喊着，在黑夜里摸索。我又回到房间给他写信，我不能让自己的心如此悲苦。

到底这是怎么了？我对他说了些什么？我又做了些什么？我为什么在面对他时总想夸大我的德行呢？在我的心里被完全否认的德行有什么价值呢？我说着上帝让我说的话，心里却一直在撒谎。杰罗姆，杰罗姆，痛苦的朋友，在你身边时我的心如撕裂般痛苦，不在你身边时我又无法活下去。不要相信我刚才对你所说的一切，除了我那些关于爱情的话语。

我把信撕掉了，又重新开始写。天亮了，黎明那灰蒙蒙的颜色浸满了我的泪水，与我的思绪一样凄凉。我听见农场开始活动的声音，沉睡的一切都已经苏醒了——“现在，起来吧。时候到了……”

我的信是不会寄出去的。

十月五日

妒忌的上帝啊，你已经剥夺我的一切，干脆把我的心也拿走吧！让所有的热情从此都弃它而去，让它不再对任何事情感兴趣。那么，帮助我打败自己心中那残存着的仅有的热情吧。这所房子和这个花园都在激励着我的爱情，这让我难以忍受。因此我愿逃到一个只能看见你的地方去。

上帝啊！你要帮助我把所有的财产全部都分给你的穷人，让我把不容易卖掉的奉格司麦留给罗伯。虽然我已经写好了遗嘱，可是很多必要的手续我都不知道，昨天我也没能同律师说个明白，我怕他猜到我的决心，怕他去告诉朱丽叶或罗伯……我要去巴黎把这件事办妥。

十月十日

我到达这里的时候已经非常疲倦，最初这两天只能在床上躺着。他们不经过我同意就擅自请来了医生。医生认为必须动手术。反对有什么用呢？但是我很容易就让他相信我害怕动手术，我想等到自己“恢复了些许力量”之后再说。

我想办法隐瞒了自己的名字和住址。为了让他们不感到为难地收容我，我在疗养院的办公室存入了足够的钱，一直到上帝认为我已经不需要住在这里为止。

我非常喜欢这个房间，非常干净整洁，已经不需要再做任何装饰了。我十分惊讶于自己竟然觉得很快乐。这或许是因为我对生命已经没有别的什么期望了。现在我需要想着的只有上帝了，唯有让他的爱完全占领了我的心灵以后才会甜蜜异常……

我随身只带了一本《圣经》，可是今天，在我阅读时，我心中想着帕斯卡这一句近乎疯狂的悲叹：

“并不是上帝的一切都能满足我的渴望。”

啊，我这颗轻率的心所希望的原来是人间的喜悦啊。上帝啊，莫非你是为了让我听到这一声悲叹，才使我陷入绝望？

十月十二日

愿天国来临！愿天国来到我的心里，让神统治我，完全地统治我。我不愿再用我的心与上帝纠缠了。

虽然感觉到自己近乎衰老的疲劳，但我的灵魂仍然还保持着一种出奇的稚气。我依然跟从前的那个小姑娘一样，必须等到房间里的一切都整齐了，在床头折叠好了脱下的衣服，才会上床睡觉……就是因为如此，我要布置妥当了才离开人世。

十月十三日

在销毁日记以前，我把它又重读了一遍。“伟大的人品不屑于四处散播自己的苦恼。”我想这句话应该是克洛蒂尔德·德·沃说的，真是至理名言。

当我要把日记扔进火里的一刹那，我被一种警告制止了。我感觉这本日记早已不属于我了，我没有剥夺杰罗姆阅读它的权利，因为我一直都是为了他才写的。我之所以不安和疑虑，今天在我看来是如此的可笑，我不再重视它们了，也相信它们不会搅乱杰罗姆的心了。哦，上帝，让他能从中分辨出这一颗心，为了能极力地把他推向我没有希望达到的德行的顶端，而发出的拙劣声调吧。

“上帝，引领我到达我所达不到的高山上。”

十月十五日

“喜悦啊，喜悦，喜悦的眼泪……”

是的，我感受到了这种主带来的喜悦，在人间的喜悦之上，在一切痛苦之外。我所达不到的那座高山，我知道它的名字叫幸福……我明白我的一生如果不能达到幸福，它就是碌碌无为的……但是上帝啊，你承诺给予纯洁干净的灵魂这样的幸福，你在《圣经》里说："在主怀里死去的人从此有福了。"难道我必须等到死之后吗？在这一点上我的信仰动摇了。上帝啊！我用尽全力在向你呼喊。我会在黑夜里等待黎明，我会向你呼喊直到死去。宽恕我吧。我怎么会不突然渴望幸福……或许我应该劝服自己去拥有吧？就像那急切的小鸟，它在黎明之前的啼声，与其说是报晓，还不如说是在召唤黎明，我难道也要等到天色微白才歌唱吗？

十月十六日

杰罗姆，我愿意告诉你如何获得完全的喜悦。

今天早上的一阵呕吐让我支持不下去了。之后我立刻觉得十分衰弱。有那么一瞬间我以为自己就要死了。但是并没有如此。刚开始我的全部身心都获得了一种极大的平静，之后一种痛苦袭来，我的灵魂和肉体都在不由自主地颤抖，就像是我生命中突然而至的一道幻灭灵光。我感到害怕了，我好像第一次看见自己的房间里什么都没有，空荡荡得令人难受。我感到害怕，到现在我还在写东西并借此以求得心灵的宁静。上帝啊！让我在到达最后的终点时，也不会说出一句亵渎神灵的话吧！

我还能够从床上起来。我像一个孩子似的跪了下来……

我宁愿现在就死去，趁我还没有再一次感到孤独的降临。

去年我又一次见到了朱丽叶。距离她上一次写信告诉我阿丽莎的死讯后，已经过去了十多年。因为这次是到普罗旺斯旅行，我顺便在尼姆稍做逗留。台西埃的家在闹市中心的浮熙路上，是一栋外表相当华美的房子。尽管我之前已经写信说过我要来，但是在跨进门槛的时候还是颇有些触动。

一个女仆引领我到客厅里之后不久，朱丽叶就出来见我了。我以为自己见到朴朗提叶姨母了：同样的步伐，同样的姿态，同样热情诚挚的招待。她不等我回答，就问了我许多问题，我的事业，我在巴黎的房子，我平日的生活，我的朋友，我到这里来做什么事？我为什么不去爱格维乎，还有爱德华一定会很高兴见到我的……之后她又向我说了全家人的情形，说到了她的丈夫，她的孩子们，她的弟弟，上一季的收成，经济上的不乐观……我也知道了罗伯已经把奉格司麦卖掉了，搬到了爱格维乎生活了。现在他和爱德华合作，让爱德华能够有时间专心打理商场方面的事情，罗伯则专门留在葡萄园里改良和扩大种植。

同时我不安地在四周搜寻着能唤起我旧日回忆的东西。在客厅的新摆设中，我确实认出了几件从奉格司麦搬过来的家具，可是让我内心颤动的这一份记忆，朱丽叶好像并不怎么在意。

有两个十二三岁的男孩子在楼梯上玩耍，她把他们叫过来介绍给我认识。大女儿丽思陪她的父亲去了爱格维乎，还有一个十岁的男孩子出去散步也快要回来了，他就是朱丽叶告诉我死讯时说的那个快要出世的孩子。

那一次的生产非常不顺利，朱丽叶在很长的一段时间里还深受其苦。然后在去年，她突然改变主意又生了一个小女孩。听她的语气，比起其余的孩子她更宠爱这个小女孩。

“她在我的房间里睡觉，就在旁边。”她说，“过来看一看吧。”当我跟在她后面进去的时候，她又说道：“杰罗姆，我一直都不敢写信告诉你……你愿意做这个孩子的教父吗？”

“我当然愿意，如果你喜欢。”我有点儿惊讶地说，接着俯向那个摇篮，“我的教女叫什么名字？”

“阿丽莎……”朱丽叶轻声地说，“她长得有点儿像阿丽莎，你看是不是？”

我按了按朱丽叶的手，没有回答。小阿丽莎被她的母亲抱了起来，睁着双眼，我把她抱了过来。

“你会是个好父亲呢！”朱丽叶边说边勉强地笑着，“你还要等到什么时候才结婚？”

“等我把某些事情都忘了。”说完我看见她的眼红了。

“你希望忘记的是什么事情？”

“把那些我不想忘记的事情忘记。”

“跟我到这里来。”她忽然说，领我进了一间有点儿暗的小房间，里面有一扇门连着她的卧室，还有一扇门通向客厅。“在这栋房子里这是最安静的房间，我有时会躲到这里，当我想清静清静时，我一来到这里就感觉再也不会受到生活的骚扰。”

这间小房间的窗户并不和其他房间里的窗户一样面对着市区，而是面对着一个种植着树木的院子。

“我们坐下来吧。”她边说边坐到了椅子上，“如果我没理解错，你是想一直爱着阿丽莎。”

我没有马上回答。

“或许应该说忠于她和我所怀有的信仰……不，不要认为这是我的美德。我想我别无选择。因为即使我与另外一个女子结婚，我也只能假装爱她。”

“啊！”她应了一声，但脸上毫无表情，然后她转过脸去不看我，俯看着地面，好像在寻找着什么遗失的东西。“难道你相信，一个人能把这种没有希望的爱情在心里长久地保持下去吗？”

“我相信，朱丽叶。”

“你也相信日复一日的生活不会把它磨灭吗？”

黄昏如灰色的潮水般，渐渐淹没了这里的每一件东西。在一片朦胧的夜色里，每一件东西都好像活了，低声细细倾诉着自己的过去。我再次见到了阿丽莎的房间，朱丽叶把那里面的家具都收藏在这里。现在她的脸面对着我，我看不清她的面貌，所以不知道她的眼睛是否闭着。我觉得她非常美丽。我们两个人都没有再说话。

“好了！”她最终说，“我们该醒来了……”我看见她站起来走了一步，又无力地倒在了身旁的一张椅子里。她用手遮住脸，我感觉她是哭了……

有个仆人走了进来，端来了一盏灯。

附录一　纪德年表

1869 年　11 月 22 日出生在巴黎。他父亲保尔·纪德是巴黎大学法学教授。母亲朱莉叶·隆多是位天主教教徒。

1877年　在阿尔萨斯学校读书,数月后因“不良习惯”被学校除名。

1880 年　父亲保尔·纪德去世。

1887 年　重新进入阿尔萨斯学校读书，在修辞班学习。

1889 年　结识里昂·布拉穆（批判家、政治家）。

1890 年　在蒙彼利埃结识保罗·瓦莱里（诗人）。

1891 年　纪德第一本著作《安德烈·瓦尔特手记》以匿名的方式出版。结识艾莱黛娅(诗人)，在聚会上认识马拉美(诗人)，结交了贝尔（小说家、政治家）、梅特林克（比利时诗人、剧作家）、雷尼埃（诗人、小说家）、王尔德（英国诗人、小说家、剧作家）等。匿名发表《论纳西斯》。

1892 年　出版《安德烈·瓦尔特诗集》。匿名发表《凡尔德诗集》。

1893 年　发表《乌连旅》《爱的尝试》。

1894年　游历阿尔及利亚，因患病返回法国，开始进行创作，和路易的友谊破裂。

1895年　重新前往阿尔及利亚旅游。母亲去世。出版《帕吕德》，这是一部成功的小说，有点新古典主义的影子。10月8日和表姐玛德莱那·隆多结成夫妻。

1896年　帮助迪特（诗人）编纂杂志。

1897年　发表《文学和道德》。完成散文集《人间食粮》(或译《地上的粮食》，由法兰西水果出版社出版，获得巨大成功。

1898年　出版剧本《没有缚紧的普罗米修斯》、文论《致安琪儿的像》《借题发挥》。

1901年　发表《康多尔王》《艺术的边界》《扫罗》。

1902年　出版《背德者》。这是一部极其成功的小说，标志着纪德在文体和思想上达到了精纯境界。

1903年　前往德国和阿尔及利亚旅游。结交雅克·高博(剧作家、演出家)。发表《假托集》。

1906年　发表旅行记录。出版《阿曼塔斯》。

1907年　和谷尔蒙(诗人、批评家)发生争论。出版《浪子回家》。

1908年　以蒙富尔(小说家、批评家)为主力，和朋友共同创建《新法兰西评论》，但因为想法不一致，不久之后杂志停刊。

1909年　结识贾科·西维尔（批评家）。出版小说《窄门》。2月以基昂（小说家、剧作家)、斯拉姆贝基（小说家)、高波为编辑，纪德担任顾问，恢复《新法兰西评论》的出版。

1910年　发表传记《奥斯卡·王尔德》。

1911 年　发表《新假托集》，缅怀菲利普，并匿名发表了《伊萨贝尔》。

1914 年　爆发第一次世界大战，从 1914 年 10 月到 1916 年 1 月间，投身于“法国、比利亚之家”的难民救济工作。出版小说《梵蒂冈的地窖》《重罪法庭回忆录》，这两部小说都很成功。

1919 年　复刊因第一次世界大战停止发行的《新法兰西评论》，以西韦艾为主编。发表《田园交响曲》。

1920 年　发表《如果麦子不死》第一部。

1921 年　遭受亨利 · 马西斯的批判。在老鸽棚剧院连续举办以陀思妥耶夫斯基为题的讲座。翻译莎士比亚的作品。发表《如果麦子不死》第二部。

1922 年　翻译泰戈尔的《阿玛尔王东筒》。6 月，第一次在老鸽棚剧院上演《扫罗》。

1923 年　遭受昂立 · 白劳的批判。发表《陀思妥耶夫斯基》。通过私人交涉，纪德带着浓郁个人风格的《克里顿》公开出版。

1924 年　发表《杂文集及从梵蒂冈的地窖章节节选》。

1925 年　自 7 月至 1926 年 5 月在刚果旅游。

1926 年　发表《伪币制造者》《伪币制造者日记》。

1927 年　发表《刚果之行》。

1928 年　出版《乍得归来》。

1929 年　发表《女校》《蒙田论》《没有偏见的人》。

1930 年　发表《博亚基的女囚犯》《洛佩儿》《立杜罗事件》。

1931 年　出版剧本《俄狄浦斯》。

1932 年　NRP 出版社开始出版《安德烈·纪德全集》，L'Martin—Chauffier 担任主编。从 1932—1939 年共发行 15 万册，包括纪德早期直至 1932 年的作品，不包含 1932 年以后的文章。

1933 年　德国希特勒执掌政权。在巴黎进行反纳粹联盟的演说。关注共产主义。

1934 年　8 月向莫斯科的苏联作家联合会写信。10 月，该联合会在巴黎举行讲座，纪德发表了关于文学与革命的演说。

1935 年　发表《新食粮》。

1936 年　6 月和达比出访苏联，7 月返回。发表《访苏联归来》。

1937 年　出版《苏联归来续》。

1938 年　出版《评肖邦》。2 月，于巴黎丽都剧院第一次上演《第十三棵树》。纪德的妻子离世。

1939 年　发表《五十年日记》。第二次世界大战爆发，纪德到北非的朋友家居住。

1941 年　发表《昂立·米修的发现》。

1942 年　5 月离开法国前往北非的突尼斯，后又至仟希吉·布沙黑得，并在当地用法语翻译了《哈姆雷特》。

1943 年　发表《假想中的访谈》。突尼斯沦陷，前往阿尔及尔。10 月，前往佛兹埃。

1944 年　完成《忒修斯》。发表《日记 1939—1942 年》。

1945 年　5 月，返回巴黎，开始翻译卡夫卡的剧本《审判》。

1946 年　发表《忒修斯》《文学回忆于现实问题》。

1947 年　获得英国剑桥大学名誉博士学位，获得诺贝尔文学奖。出版《审判》。在马力里剧院由巴劳剧团出演。发表《其人永在生者心中》。

1948 年　发表《与弗朗西斯 · 雅姆通信集》。

1949 年　获得歌德奖章。在桑特·玖乃威图书馆举办纪德展览会，庆祝纪德八十岁生日。发表《秋之有感》。

1950 年　发表《与保罗·克洛岱尔通信集》《日记 1942—1949 年》《随他而去吧》。在法兰西喜剧院上演纪德改编的《梵蒂冈的地窖》剧本。

1951 年　原计划于 2 月 4 日前往摩洛哥，因为身体原因取消。2 月中旬感染急性肺炎，在 19 日上午 10 时 20 分，在巴黎与世长辞。死后作品被法国天主教会列为禁书，但他还是成为法国家喻户晓的作家。

附录二　诺贝尔文学奖大系书目

1901 年　苏利 · 普吕多姆（法国）　《孤独与沉思》

1902 年　特奥多尔 · 蒙森（德国）　《罗马史》

1903 年　比昂斯滕 · 比昂松（挪威）　《挑战的手套》

1904 年　何塞 · 埃切加赖（西班牙）　《伟大的牵线人》

1904 年　弗雷德里克 · 米斯特拉尔（法国）　《米赫尔》

1905 年　亨利克 · 显克微支（波兰）　《你往何处去》

1906 年　乔苏埃 · 卡尔杜齐（意大利）　《青春的诗》

1907 年　拉迪亚德 · 吉卜林（英国）　《丛林故事》

1908 年　鲁道夫 · 奥伊肯（德国）　《人生的意义与价值》

1909 年　拉格洛夫（瑞典）　《尼尔斯骑鹅旅行记》

1910 年　保尔 · 海泽（德国）　《骄傲的姑娘》

1911 年　梅特林克（比利时）　《青鸟》

1912 年　霍普特曼（德国）　《织工》

1913 年　泰戈尔（印度）　《新月集 · 飞鸟集》

1915 年　罗曼 · 罗兰（法国）　《约翰 · 克利斯朵夫》

1916 年　海顿斯坦姆（瑞典）　《查理国王的人马》

1917 年　彭托皮丹（丹麦）　《天国》

1917 年　耶勒鲁普（丹麦）　《明娜》

1919 年　卡尔 · 施皮特勒（瑞士）　《伊玛果》

1920 年　汉姆生（挪威）　《大地的成长》

1921 年　法朗士（法国）　《泰绮思》

1922 年　贝纳文特（西班牙）　《不该爱的女人》

1923 年　叶芝（爱尔兰）　《当你老了》

1924 年　莱蒙特（波兰）　《农夫》

1925 年　萧伯纳（爱尔兰）　《圣女贞德》

1926 年　黛莱达（意大利）　《邪恶之路》

1927 年　亨利 · 柏格森（法国）　《创造进化论》

1928 年　温塞特（挪威）　《新娘 · 女主人 · 十字架》

1929 年　托马斯 · 曼（德国）　《布登勃洛克一家》

1930 年　辛克莱 · 刘易斯（美国）　《巴比特》

1931 年　埃里克 · 卡尔费尔德（瑞典）　《荒原与爱情》

1932 年　约翰 · 高尔斯华绥（英国）　《福尔赛世家》

1933 年　伊凡 · 亚历克塞维奇 · 蒲宁（俄罗斯）　《阿尔谢尼耶夫的一生》

1934 年　路易吉 · 皮兰德娄（意大利）　《六个寻找剧作家的角色》

1936 年　尤金 · 奥尼尔（美国）　《进入黑夜的漫长旅程》

1937 年　马丁 · 杜 · 加尔（法国）　《蒂博一家》

1944 年　约翰内斯 · 延森（丹麦）　《希默兰的故事》

1945 年　加夫列拉 · 米斯特拉尔（智利）　《葡萄压榨机》

1946 年　赫尔曼 · 黑塞（瑞士）　《荒原狼》

1947 年　安德烈 · 纪德（法国）　《窄门》

1949 年　威廉 · 福克纳（美国）　《喧哗与骚动》

1954 年　海明威（美国）　《永别了，武器》

1956 年　希梅内斯（西班牙）　《小毛驴与我》

1957 年　加缪（法国）　《局外人》

1958 年　帕斯捷尔纳克（苏联）　《日瓦戈医生》